第一章　国民国家と小林秀雄

第一節　小林秀雄の戦争に対する態度

一九三七年七月七日、「盧溝橋事件」が勃発した。「日中戦争」(1)の始まりである。この戦争に鑑み、小林秀雄は、同年の『改造』一一月号に評論「戦争について」を発表している。その中で、以下のように言っている。

戦争に対する文学者としての覚悟を、或る雑誌から問はれた。僕には戦争に対する文学者の覚悟といふ様な特別な覚悟を考へる事が出来ない。銃をとらねばならぬ時が来たら、喜こんで国の為に死ぬであらう。僕にはこれ以上の覚悟が考へられないし、又必要だとも思はない。一体文学者として銃をとるなどといふ事がそもそも意味をなさない。誰だって戦ふ時は兵の身分で戦ふのである。文学は平和の為にあるのであって、戦争の為にあるのではない。文学者は平和に対してはどんな複雑な態度でもとる事が出来るが、戦争の渦中にあっては、たった一つの態度しかとる事は出来ない。戦は勝たねばならぬ。そして戦は勝たねばならぬといふ理論が、文学といふものの何処を捜しても見付からぬ事に気が付いたら、さっさと文学なぞ止めてしま

へばよいのである。(2)

「文学は平和の為にあるのであって、戦争の為にあるのではない」とある。とは、文学では、戦争は土台、できないということである。要するに、小林は、自分は文学者としては戦争に参加しない、と言っているのである。そういうことで、小林なりに文学の自律性を守ろうとしているわけである。小林なりの反戦思想をそこに見る、ともされる。

ただし、文学者としては戦わないと言うのだが、一方、「銃をとらねばならぬ時が来たら、喜こんで国の為に死ぬであらう」と言っているのである。日頃は文学者として平和のためにいそしんでいても、国家から戦争参加の要請があればいつでも喜んで応じる、文学などさっさと止めて。そう小林は言っているのである。そこには、小林の国家重視の態度が見られる。根本的に、小林は国家を重視するものである。その上で、できたらということで、要するに個人的希望ということで、文学者であろうとするのである。

ところで、「銃をとらねばならぬ時が来たら、喜こんで国の為に死ぬであらう。僕にはこれ以上の覚悟が考へられない」と、小林が言っている点に注目したい。覚悟は単に考えればいいというものではない。それは決心の問題である。それも体を張っての。そういう決心が小林にちゃんとあったのか。あって、「銃をとらねばならぬ時が来たら、喜こんで国の為に死ぬであらう」と言ったのか。国のためということであれ、どういうことであれ、本当に喜んで、私たちは死ねるものなのか。そもそも国とは何なのか。これらについて、以下、よく考えてみたい。

第二節　ある戦没学徒兵の手記に思う

先年、私は、和田稔《みのる》という回天特攻隊員の遺稿集『わだつみのこえ消えることなく』（筑摩書房、一九六七年）を読んだ。同書によれば、和田は、一九四三年一二月一〇日、学徒出陣で海軍に入隊し、その後、志願して回天特攻隊員になった。そして、一九四五年五月二八日、山口県・光基地を潜水艦に乗り組んで出撃した。だが、その時は、結局、回天戦は実施されなかった。同年、七月二五日、再出撃に備え、光基地海域で訓練中、殉職した。回天の故障であったという。

同年九月—戦後のことになる—、台風が瀬戸内海地方を襲い、海を荒らした。海底に突き刺さったままになっていた回天も揺り動かされた。結果、回天は、海底を離れ、ひとりでに浮上し、近くの小島に漂着した。その回天の中から、遺体と共に、出撃後、和田がひそかに付けていた日記が発見された。遺稿集は、その日記や他の海軍時代の日記、高校・大学時代の日記などからなるものである。

和田は、自己凝視の点で実に真摯な人であったと思う。戦時下、みずから進んで、国のため、その命を捧げようとしたのだが、実際に死に直面してみると、一様でない心の動きがあった。その心の動きを和田は見逃さず、冷静に見詰め、正直に吐露している。

「銃をとらねばならぬ時が来たら、喜こんで国の為に死ぬであらう」と、小林は言っていたが、果して、本当に「銃をとらねばならぬ時が来た」時、それをいさぎよくとり、喜んで国のために死ぬ、というようなことが、言葉通り実践できるものであろうか。小林にとってであれ、誰にとってであれ、である。

国のために死ぬということであれ、何であれ、自分が死ぬということについては、心身を賭して、徹底して考え込まなければならないことがあるように思われる。小林の発言は、少なくとも私には、一種のスローガンのように思えてならない。

以下、和田に学ぶ。和田が、初めて「回天戦用意」の号令を受けたのは、一九四五年六月五日のことである。六月六日付けの日記中、「昨日、はじめて回天戦用意がかかり、発進用意をすませたるも、荒天のため敵を逸せり(3)」とある。

ところで、和田の『わだつみのこえ消えることなく』は、その後、『わだつみのこえ消えることなく―回天特攻隊員の手記―』という題で、つまり副題が付加され、角川文庫本として再出版―一九七二年、初版。ただし、私が読んだのは、一九九五年、改訂初版、と奥付けにあるもの―された。それには、上山春平―和田の戦友。現在、京都大学名誉教授。哲学者―の「解説」が付いている。それによると、「回天戦用意(4)」の号令が下ったのは、六月五日の「〇七四七」、つまり午前七時四七分のことである。その後、以下のことが続いた。

〇七五二　「搭乗員（回天の搭乗員）乗艇」「発進用意(5)」
〇八〇七　「発進用意要具収め」（発進取り止め(6)）

上山の解説文を引用しよう。「回天戦用意」の号令がかかったあと、回天特攻隊員たち―全五名―がどういう振る舞いをしたかがほぼ分かる。

私たち回天搭乗員は、ただちに身ごしらえをして、艦内から甲板上の回天の下部ハッチに通じる交通筒をくぐりぬけて艇内に入り、下部ハッチをしめ、交通筒の方も艦内からハッチをしめ、回天のエンジンを始動した。あとは、艦長から電話で目標にかんする指示を受けて、「ヨーイ」「テッ！」の号令と共に、回天を甲板の架台上に固縛した鉄のバンドが艦内からはずされれば、ただちに母艦をはなれて敵艦に向かって突入しうる態勢にあった。しかし、このときは、近くに低気圧が発生していて、母艦と攻撃目標とのあいだに帯電した濃密なスコールの幕が介在して、視界はきかず、電波探知機も妨害をうけて使いものにならず、モタモタしているうちに、攻撃の機会をにがしてしまったのだ。私たちは、ひとたび別れをつげた艦内にもどって、机の下にやりかけのままになっていたトランプの七ならべのつづきをやりはじめた。(7)

彼らは、文字通り、それぞれ死の直前まで行った。以下は、そういう体験をしたあとの和田の心境を知る上で手がかりになるものである。六月一二日付けの日記中の記事である。

人あるいは吾人の談笑をして、死を目前とせるしゃくしゃくの余裕なりと感ずるやも知れざれども、こは、死を直視する勇気なきものの日常自然の趨勢たるのみにして、何等の価あるものにもあらざるなり。(8)

ただし、続けてこうある。

余、今や、健康旧に復し、黙すること数日、一種の諦観あり。余は今にして、必中報国の精神、他の誰の追従をも許さざるを、更に言いてはばかるなし。[9]

だが、また、一方、そういう自己自身に対し、和田は、冷厳に反省の眼を向けるのでもある。六月二〇日付けの日記の記事中、以下のようにある。

余の一生は、ただ虚栄の一生にして、かつ卑屈の一生なりき。しかれども、その余にとりて、この一ヵ月の静観の日々は、いかなる意味におきても、余の生涯に一つの句読点を与えたるものとならん。而してその実は未だ結ばず。尾崎士郎の「人生劇場」を読みて、ふと、余の過去の如何に芝居気多かりしかを、顧みたることもありき。余の自負せる、死生観と雖も、あるいは余の芝居気の一端に過ぎ得ざるかも知れず。一層の反省努力、必要なり。[10]

この六月二〇日付けの日記の記事は、和田が書き残した最後の自己凝視の言葉である。[11]和田は、真摯に冷厳に自己凝視を行う。そういうものゆえ、引き受けざるを得ない孤独というのもある。人間、芝居気ぐらいなければ死ねるものではない、とも思ってみる。（一九四五年）四月一八日付けの日記の記事中、こうある。

戦友はこの二、三日、私がつかれた顔をしていると心配する。その間、私は強いてでも私の死というものに対してある解釈を与えようとしていたのだった。[12]

おそらく、和田は、論理的思考をもって自己の死に意味を見出そうとしたのであろう。論理的思考は無意味と、無論、言うわけではない。だが、同時に情意的な面での理解も、その際、必要であろう。その点を抜かすなら、全的に死の意味を見出すことはできない。論理的思考という観念性だけでは、問題の全的な解決ははかれないのである。和田には、この辺のことがよく分かっていない。

それはそれとして、私は思う、和田は、海底の回天の中で、一人、どういう思いで死んで行ったのか、と。そのことに関し、和田は、特に何も書き残していない。和田の沈黙に対しては、私たちも、また、沈黙をもって応じる他、手がないであろう。

「銃をとらねばならぬ時が来たら、喜こんで国の為に死ぬであらう。僕にはこれ以上の覚悟が考へられない」と、小林は言っていた。覚悟は考えただけでは始まらない。体を張って決心する必要がある。では、小林は、正しく覚悟して、そのようなことを言ったのか。私には確信が行かない。印象を言わせてもらえるなら、否定的である。

それにしても、国とは何であろう。小林にとっても和田にとっても、国が絶対的に重要なものであったことは間違いないのである。では、一体、国とは何なのか。また、愛国心とは。こういった問題について、以下、考えてみる。

第三節　小林秀雄の愛国心

小林「文学と自分―文芸銃後運動講演―」(『中央公論』一九四〇年一一月号) 中、以下のようにある。

戦が始った以上、何時銃を取らねばならぬかわからぬ、その時が来たら自分は喜んで国家の為に銃を取るだらう、而も、文学は飽く迄も平和の仕事ならば、文学者として銃を取るとは無意味な事である。戦ふのは兵隊の身分として戦ふのだ。銃を取る時が来たらさっさと文学なぞ廃業してしまへばよいではないか。[13]

概略、三年前の「戦争について」中、言われていることと同趣とされる。ただし、「戦争について」では、「銃をとらねばならぬ時が来たら、喜こんで国の為に死ぬであらう」とある中の「国」が、「文学と自分」では、「国家」に変えられている。言うまでもなく、「国」という言葉には、「国家」という意味もある。だから、そういう意味では、「戦争について」中、戦争が始まった以上、「国」に自分の命を捧げるという意味のことを小林は言っているわけだが、その「国」とは、「国家」のことだったということである。

ただし、現行の「文学と自分」[14]では、「国家」の部分が「祖国」に変わっている。この点からして、「国家」という言葉を「祖国」と変えた時、かっての自分の思いに、「国家」という言葉では覆い切れないものがあったことを小林自身、意識したのではなかったかとされる。「国家」という言葉は、政治体というニュアンスの強い言葉である。戦争が始まった以上、喜んで自分の命を捧げると小林は言っているわけだが、その対象は、政治体としての（日本）国家といっただけでは割り切れないものがあったということである。では、その「国家」という言葉では割り切れないもの、覆い切れないものとは何であったのか。

いずれにしろ、小林の「愛国心」を指摘しようと思えば、正にできる。では、愛国心とは、一体、何なのか。愛国心とは、「国《くに》」を愛する心のことだが、ただし、「国《くに》」という言葉の意味は、多義的である。この点、冨士田邦彦「戦時下日本における国の本質」（『戦時下の日本』行路社、一九九二年）が詳しい。「日本人にとっての国は、国家、祖国、民族、国民社会に加えて、自己や自己の家族および身近な人々が生活を営む郷土をも含む広範な内容をもつと考えられる[15]」とある。

愛国心については、『世界大百科事典　第一巻』（平凡社、一九八八年）中の「愛国心」（栗原彬執筆）の記事が参考になる。

> 愛国心は、本来は愛郷心、郷土愛、あるいは祖国愛であって、地域の固有の生活環境の中で育まれた心性であり、自分の属している生活様式を外から侵害しようとする者が現れた場合、それに対して防御的に対決する〈生活様式への愛〉である。どの時代どの地域にも見られるこの意味の愛国心に対して、十九世紀に成立したナショナリズムは、個人の忠誠心を民族国家という抽象的な枠組みに優先的にふりむけることによって成立する政治的な意識と行動である点において区別される。

即ち、愛国心にも、愛郷心・郷土愛（の心）・祖国愛（の心）、というような、世界の諸地方に近代以前からある素朴で自然なものと、十九世紀に成立した過剰な民族意識たる、ナショナリズムとも言われる、政治的にして近代的なものとの二種類があるということである。「愛郷心」の「郷」とは、故郷・郷土のこととしてよいであろう。郷土について、冨士田前掲論文中、以下のようにある。

> 土地を共同にして営まれる生活には、利害や生活欲求の共同化および類似した感性の分有に基づいて、共通の価値や秩序ならびに共通の行為様式が生じる。この事実に即した結合意識によって集団化した人々の存在の場が郷土であり、それは、人々の生活にとって、家族とともに最も基礎的な集団としての位置を占める。(16)

こういう郷土の集合体として祖国というのを考えることができる。この点、臼井二尚《じしょう》の「愛国心」（『新倫理講座　第五巻』、創文社、一九五二年）が詳しい。以下、臼井の言っていることを要約して述べる。(17)

ある一つの郷土には、その郷土に根ざした特色のある伝統的文化がある。そういう伝統的文化の統合体が、郷土の集合体たる地域に、幾世代もかけ、自然に形成される。そういう地域の内部に属する郷土と外部に属するそれとでは、文化的特色の点で大いに違いがある。そういう地域こそが、「祖国」である。その伝統的文化的統合体の保持者が民族である。「祖国」は、「祖地」と言った方がいいのかもしれないが、国家の領土たる国土と「祖地」とが重なるケースが多いので、そういう言葉が使われるのである。

こういうことなら、「祖国」とは、郷土に根ざした伝統的文化の統合体という点に特色のあるものとなる。そういうことでは、政治体としてのイメージの強い「国家」とは異質である。ただし、現実的には、自己の属する「国家」を祖国と言う場合もある。このことは、近代における「国家」が、本来的意味における「祖国」を包摂して成立しているものであることを意味しているのかもしれない。近代における「国家」とは、国民国家(nation state)のことである。既出、平凡社『世界大百科事典　第一巻』中の「愛国心」の記事中の「民族国家」は、「国民国家」と置換してもいいものである。「国民国家」は、近代以前から存在した民族を基体として成立するものである。ただし、その場合、民族の政治利用がある。直截に言えば、素朴で自然な民族意識が、そこでは、故意に独善的、排他的なものに変えられ、高められているのである。ナショナリズムはそういうところで成立する。

小林の愛国心だが、それは、近代以前からあった、素朴で自然な愛国心の意味を多分に含んだものではなかったかと思われる。そういうところでの愛国心、つまり、「国《くに》」を愛する心、の、その「国」の意味は、「祖地」の意味に近いものである。小林が、「祖国」という言葉を使う時、それは、「祖地」の意味に近いものであったということでもある。

ただし、近代的国家たる国民国家においては、民族と政治体たる国家とを分けることは、事実上、できない。この辺のことに、ちゃんと小林は問題意識をもったか。少なくとも、本格的にはもたなかったのではないかと、私は思う。それはそれとして、以下、日中戦争下の小林の思想の展開を見てみよう。

第四節　非常時と伝統的智慧―大和魂

小林は、日中戦争勃発の翌年、即ち、一九三八年、文芸春秋社の特派員として中国に渡った。四月から五月にかけてのことである。帰国後、「東京朝日新聞」（朝刊）に、五月一八日から二〇日にかけて、評論「支那より還りて」を発表した。その中で、日中戦争―当時の用語で言えば「支那事変」―が突発的に起こったことにふれ、そして、以下のように続けている。

一体事件が国民に不意打ちであったといふ事は、こんどの事件の非常に大切な特徴なのである。思想家、文筆者達は、事変に対する心の用意なぞ準備する暇を持たなかった。政府当局者自身さへ自分達はさうでなかったと断言できまい。この事変に処するものは、さういふ事変の根本的な性格を忘れては駄目なのだ。今日の様に歴史の流れが早瀬となり滝となるといふあんばいになって来ると、事件は思想に屡々不意打ちを食はせるのだが、僕等は不意打ちに眩惑してはならないと思ふ。必要なのは立ち直って一歩を踏み出す事だ。不意打ちの事件を追ひかけて駆け出す事ではない。非常時には非常時の政策がある。そんな事は解り切ってゐる。国民はそれを理解し、それに忠実だ。併しその伝で非常時には非常時の思想があるなどと早合点をするから物事を誤るのである。(18)

日中戦争は不意打ちに起こった。これがこの戦争の根本的性格で、一般国民にとっても、思想家や文筆家たちにとっても、戦争に対する心の準備をする暇はなかった。政府当局者にとっても、根本のところは同様であったろう。

このようなことを小林は言っているわけである。

また、「非常時の政策といふものはあるが、非常時の思想といふものは実はないのである」と言っている。「強い思想は、いつも尋常時に尋常に考へ上げられた思想なのであって、それが非常時に当っても一番有効に働くのだ」とも。正にそういうことではないかと思われる。では、「尋常時に尋常に考へ上げられた思想」とは、具体的にはどういう思想か。「満州の印象」(『改造』一九三九年一、二月号) 中、

事変の性質の未開の複雑さ、その進行の以外さは万人の見るところだ。そしてこれに処した政府の方針や声明のあいまいさを、知識人面した多くの人々が責めた。無論自分達に事変の見透しや実情に即した見解があったわけではない。今から思へばたゞ批評みたいな事が喋りたかったに過ぎぬ。それにも係らず、事変はいよいよ拡大し、国民の一致団結は少しも乱れない。この団結を支へてゐるものは一体どの様な智慧なのか。それは日本民族の血の無意識な団結といふ様な単純なものではない。(19)

とある。

小林は、このあと、民族の伝統を持ち出し、概略、以下のようなことを言っている。

日本民族は、明治になるまでに、長い間かけ、高度の伝統を十分に成熟させていたのだが、それを、さらに明

治以降、「急激な西洋文化の影響の下に鍛練した」[20]。その結果、成立した「一種異様な聡明さ」[21]が、他ならぬその知慧である。

さらに続けて、以下のように言っている。

この智慧は、行ふばかりで語らない。思想家は一人も未だこの智慧に就いて正確には語ってゐない。僕にはさういふ気がしてならぬ。この事変に日本国民は黙って処したのである。これが今度の事変の最大特徴だ。[22]

小林は、一般生活者―庶民と換言してもいい―は、日中戦争という複雑で不可解な現実に対して、黙って民族の高度な伝統的智慧をもって対処している、と言うのである。「事変に日本国民は黙って処した」という言葉は、「疑惑」（『文芸春秋』一九三九年八月号）中でも、以下のような形で繰り返されている。

菊池寛氏の「西住戦車長伝」を僕は近頃愛読してゐる。純粋な真実ないゝ作品である。（略）今日わが国を見舞ってゐる危機の為に実際に国民の為に戦ってゐる人々の思想は、西住戦車長の抱いてゐる様な単純率直な、インテリゲンチヤがその古さに堪へぬ様な、一口に言へば大和魂といふインテリゲンチヤがその曖昧さに堪へぬ様な思想に他ならないではないか。それは事変以来発明された一ダース程の主義とは何の関係もない。伝統は生きてゐる。そして戦車といふ最近の科学の粋を集めた武器に乗ってゐる。国民は黙って事変に処した。黙って処したといふ事が、事変の特色である、と僕は嘗て書いた事がある。今でもさう思って

ゐる。(23)

小林は、ここでは、日本民族の伝統的智慧を大和魂と呼んでいる。日本民族の伝統的智慧たる大和魂をもって、一般生活者は黙って複雑で不可解な現実に対処した、対処している、と言うのである。とは、一般生活者は、その実、国家の政策などで動いているわけではないということである。小林に従って言うことだが、一般生活者は、自分たちの直面する現実が国策などで処置できるしろものではないということを知っていたのである。それで、彼らは、民族の伝統的智慧、即ち大和魂で、それにあたったのである。そういう彼らに、小林は親近感をいだく。

ところで、現実は、時が立つにつれ、より一層厳しいものになって行った。「事変の新しさ　(文芸銃後運動講演)」(『文学界』一九四〇年八月号）中、こうある。

わが国は、只今、歴史始って以来の大戦争をやってをります。大戦争たる事に間違ひはないが、御承知の様に宣戦を布告してをりませんから、戦争と呼んではいけない、事変と言ひます。(略）舞台は支那だ、支那と言へば、言葉の上では、僕等にまことに親しい国の様な気持がしてゐるわけだが、実際には謎の国だ。国民の大部分が行った事も見た事もない国だ。これから共に歴史的な大芝居を打たうといふ相手について、僕等は一体どれだけの事を実際に知ってゐるか、さういふ事もよく考へて見ると詢に疑はしい処でありま す。そして国内でも亦経済の統制をやる、思想の統制をやる、兵隊さんの動員では間に合はず、精神の総動員をやらねばならぬといふ全く新しい事態に面接してをります。而も、さういふ仕事は全て殆ど予測のつかぬ欧州大戦の影響といふものゝ裡に行はれてゐる。（略）今度の事変には、まさしく、目鼻の位置の常とは変ってゐる顔の様な新しさがあるのであって、此の新しさは僕等の精神にとって格好な刺激といふ様な新しさではない。刺激となる処ではない、新しさの程度がまるで飛び離れてゐる。(24)

日中戦争という現実が異常に新しい現実であることを小林は力説している。その新しさは、奇怪で無気味な、人間の常識を超えたものと言っている。また、

現代に生きて現代を知るといふ事は難かしい。平穏な時代にあっても難かしい。まして歴史の流れが、急湍にさしかゝり、非常な速力で方向を変へようとしてゐる時、流れる者流れを知らぬ。政治の制度や経済の組織、又あらゆる思想の価値の急変それは却って将来平和時の歴史家が、省て始めて驚嘆する態のものかもしれぬ。さういふ時に、机上忽ち事変の尤もらしい解釈とか理論付けとかゞ出来上るから安心だといふ様な事で一体どうなるか。自然現象でもある新しい現象の観察には、従来の観察の装置では何の役にも立たぬ、全く新しく工夫した装置を使はなければ観察が出来ない、さういふ場合が出て来るのであります。だが歴史現象に関しては、困難はそれに止まりませぬ。新しい自然現象の観察に新しい観察装置の工夫は必要だが、大体、自然科学に於いては、従来の智識といふものを土台として、これを頼りにして新しい智識を、その上に積み上げて行くといふ建前で間違ひはないのだが、歴史ではさうは参らぬ。従来の智識の上に新しい智識を築かうにも、築けぬ場合が来る、土台が崩れて了って役に立たぬ。立て様とすれば必ず判断を誤る、さういふ場合が屢々起るのであります。つまり危機といふ人間臭い表現で呼ぶに相応しい時期が来るのである。

僕等はこれを非常時と呼んでをります。政治家も軍人も漫才も非常時といふ同じ言葉を使つてゐるわけですが、僕は文学者として文学者らしく非常時といふ言葉を解したい。(25)

と。小林に従うなら、非常時たる現実とは、それに対する知識が、いかようにももてない現実のことである。過去の歴史に関する知識を土台にして、それに対する知識をえようとしても、その土台自身が崩れてしまうのである。

では、非常時という現実にどうやって小林は対処すると言うのか。再言することになるが、それは、日本人の伝統的智慧たる大和魂をもって、である。小林に従えば、また、それは、一般生活者の非常時という現実に対する対処方法でもあった。これらからして、小林や一般生活者は、その実、政府の政策に信をおいていなかったとされる。国策に、彼らは信をおいていなかったと換言してもいい。日本の直面している現実が、政府の政策ごときでは対処できないものであることを彼らは知っていたのである。

第五節　小林、乃至、一般生活者にとっての「神風」という言葉の意味

一九三九年八月二三日、独ソ不可侵条約が締結された。これは、日本にとっては予想外の出来事であった。正に晴天の霹靂であった。政府は、驚き、狼狽した。当時、日本は、ソ連との対抗上、日独伊防共協定を結んでいたのであり、また、ソ連と武力衝突—「ノモンハン事件」—中でもあった。平沼騏一郎内閣は、八月二八日、「欧

州の天地は複雑怪奇なる新情勢を生じた」（八月二九日付けの「東京朝日新聞」、夕刊）[26]と称して、総辞職した。八月三〇日、阿部信行内閣が発足した。九月一日、ドイツ軍が突如、ポーランドに侵攻した。これに対し、九月三日、イギリス・フランス両国がドイツに宣戦布告し、第二次世界大戦が始まった。

ところで、ヨーロッパでの戦争勃発を知り、人々は、「神風」という言葉を口にした。ただし、どういう意味でその言葉を使うかは、一様でなかった。当時、日本は中国との戦争に行き詰まっていた。そういう自国・日本に対し、幸運をもたらすものとして、ヨーロッパでの戦争勃発を理解し、「神風」という言葉を使う人々もいた。その場合も、細かく言うと様々なケースがあった。次のような例もある。

秋風が立ち初めた頃、突如として独ソ協定といふ爆弾が投ぜられて防共枢軸と称する世界的政治体系が無残に毀れて了った。それから矢継早やに独波の交戦となり、再転して欧州の大動乱に拡大した。この事実は双つ乍ら我が国に神風のおとづれたものと解しても間違ひはあるまい、（芦田均「神風のおとづれ　第二次世界大戦に寄す(3)」、九月六日付けの「東京朝日新聞」、朝刊）。

右は、記事の一部の引用である。記事全体に眼をおいて言うことだが、芦田は、ヨーロッパで戦争が勃発したことを、単純に「神風」の訪れとしているのではない。国際情勢や、日本の立場・国力等をよく認識し、その上で対外政策を取るべきではないか、と説いているのである。そのことがヨーロッパでの戦争の勃発を真に「神風」とすることである、と。

同新聞に、ほぼ同趣のことが、他にも出ている。「事変の解決　真に此秋」という見出しの記事（無署名）だが、一部引用してみよう。

今こそ大戦の勃発を以て神風とさへ言ふが、支那事変が依然として長引き、しかもヨーロッパの争覇戦においてて英仏又は独ソの何れかゞ勝利を占めた場合英仏又は独ソが如何なる態度を以て、日支間に干渉介入し来たるか。もしドイツ側が勝てばその冷徹刻薄なるドイツ流の打算を以てソ連を誘導して我に臨み来たること、カイゼルのニコラスを煽動して極東侵略を敢行せしめたやうな局面を演出するであらうし、英仏にして勝利を占めることあれば、彼れはナチスの全体主義を破壊してなほ足れりとせず、我に不当の圧力を加へることは云ふまでもあるまい。故に我方としては十分に反発の余力を存して之に対処し得てこそ欧州動乱は神風で、漫然対岸の火災視し、支那事変の解決を忽せにするを許されないのである。

ヨーロッパで起こった戦争は、日本にとって「神風」とさえ言われる。だとしても、対岸の火事としてそれを呑気に眺めているだけでは、元も子もない。いずれの国が勝利を納めようとも、日本に仇をなすであろう。かの地での戦争が終結する以前に、何としてでも、「支那事変」を終結させておくことが肝要である。そして、余力をもってヨーロッパの覇者との対決に備えるべきである。こういうことで、初めて、かの地で起こった戦争を「神風」としうるのである。

このようなことを言っているわけである。

ところで、先の芦田の記事にしろ、直前の記事にしろ、直面する現実を政治家の政策で処置できるとする前提がある。この点、小林の現実認識と質的に相違する。

『中央公論』臨時増刊号（一九三九年一〇月）に、「事変処理と欧州大戦」（出席者―笠信太郎・和田耕作・平貞蔵・角田順・牛場信彦・後藤勇・西園寺公一・聴濤克巳）と題する座談会の記録がのっているが、それからも、当時、欧州大戦をわが国にとって「神風」とする考えがあったことを知ることができる。ただし、次のような文脈において出るものである。

欧州大戦が起って一番感ずることは、戦争が始った結果、事変処理が容易になったんぢゃないかといふ、つまり欧州動乱神風説的な見解が相当に多いことだ。これが果して真実であるかどうか。（略）大体神風論といふのが相当徹底してゐるやうですが、私はそれと全く逆のことを考へて居る。(27)

座談会のメンバーの一人、後藤勇の発言だが、このあと、彼は、日本を取り巻く国際情勢の分析を細かく説き、そして、

事変処理に関する国際情勢といふものは、戦争を契機として一層深刻になって来たといふことが出来る。かういふ風に私は見て居ります、果して神風論で楽観してゐてよいものかどうか……(28)

と言っている。

ヨーロッパに戦争が起こって、日本を取り巻く国際情勢は一層厳しくなった。ために、日中戦争の解決は一層困難になった。このような趣旨の発言を後藤は行うのである。後藤の場合、ヨーロッパに起こった戦争を「神

風」と見ること自体に、本質的に疑義を呈している。また、他の出席者にも後藤のような考えを見せるものがある。

ただ、小林のような徹底した厳しい現実認識を見せるものはいない。小林は、一九三九年一〇月五日付けの「東京朝日新聞」(朝刊）に、「神風といふ言葉　歴史の偶然と日本人の心」を発表している。その中でこう言っている。

今度の欧州大戦は神風だといはれてゐる。さういふ言葉の流行に腹を立てゝゐる人もある。いざとなると神風が吹く、といふ様な非科学的な迷信で、難局を切抜けた様に思って得意になるのが、日本人の性格だ、と論じてゐる文章にも出会った。併し、神風といふ言葉が、人々の口の端に上ると、直ぐそれから、迷信を好む日本人の性格といふ様なものを引き出さうとする心掛けが、神風といふ言葉を発明する心掛けより上等だとは思へない。

ヨーロッパで戦争が起こった当時、日本は日中戦争に行き詰まっていた。人々は、ヨーロッパでの戦争勃発を知り、「神風」という言葉を口にした。そういう人々を見て、迷信を信じ易い日本人の性格を論じるものもいた。日本の場合、いざとなったら「神風」が吹く。神の御加護によって国難は克服される。このような非科学的な迷信を信じて慢心し易いのが日本人だと批判するわけである。

だが、そういう批判に小林は与しない。小林は、深く「神風」という言葉を口にする人々の心底を慮る。では、そこで小林は何を摑んだか。小林の今、問題にしている評論は、「社会時評」欄のもので、四回に渡って連載されたものである。第四回目のものは、「現代の知識階級　ヒューマニテイの観念」(一九三九年一〇月八日付けの「東京朝日新聞」、朝刊）と題するもので、その中に以下のくだりがある。

物の動きに関して、日本だけが例外なわけはない。日支事変は国民の思想の結論として起ったわけでもなければ、その成行きにしても、不拡大の方針といふ人間が採った精神の原理が、物の動きに当て嵌ったわけでもない。(略）僕は神風といふ言葉が好きだ。人間の精神が、物の動きに、こんなにはぐらかされ、叩かれてゐる時に、神風といふ様な言葉を期せずして思ひ付く、日本人の心根といふものを、考へてゐると、索漠とした荒野に一と処花が咲いてゐる様な風景を思ひ浮べる。ことさら感傷的ないひ方をしてゐるわけでもないし、文学的な比喩を用ひてゐる積りもない。僕にはさういふ風景が、現代の日本文化の一番確な顔の様に思はれる。少くともこゝには迷信もなければ、空想もないのだ。神風といふ言葉は、僕等の思ひ付きでもなければ、空想の産物でもない。僕等の長い歴史が鍛練した僕等のエゴテイスムがいはせるのだ。その確さは動かす事が出来ない。(略）疑はうとすれば今日ほど疑ひの種の揃ってゐる時はないのだ。一切が疑はしい。疑はしいものは一切疑ってみよ。人間の精神を小馬鹿にした様な物の動きが見えるだらう。そして性欲の様に疑へない君のエゴテイスム即ち愛国心といふものが見えるだらう。これを非常時といふ。

小林は、世界の現状と、日本の国家や人々が直面している現実の厳しさとを的確に認識した。それらは非情なもので、人間の思惑などまるでお構いなしに展開して行っている。そう認識した。で、「神風」という言葉は、そういう難局に直面した日本人が期せずして口にした言葉なのである。そう考える小林は、彼らの心底に思いを致す。そこに小林が見たものは、迷信を信じ易い日本人というようなものでも、空想に走り易い日本人というようなものでもなかった。それは、日本民族の、長い歴史が鍛練した、伝統としてある、愛国心と一体化した「エゴテイスム」（自負心）であった。

以上―第三、第四、第五節―を総括しておく。日中戦争勃発後、時の経過と共に、日本の国家や人々の直面する現実、世界の現状、これらはより厳しいものになって行った。政府の政策ごときではいかんともし難いものになって行った。そのような認識を小林はもった。正しいであろう。ついには、人間の思惑などまるで無視した得体の知れないものとそれらはなった。小林の認識である。そういったものに対して、小林は、長い歴史が鍛練し、作り上げた、日本民族の伝統的精神をもち出す。他ならぬ、それは「エゴテイスム」(*egotism*) と一体化した日本人の愛国心である。その愛国心をまた、小林は大和魂とも称する。そういう意味の愛国心をもって、小林は、日本の国家や人々の直面する難局に対処する態度をとったのである。

今、指摘したいことは、小林は、無論、愛国心の持ち主だったとされるが、その愛国心は、政治体としての国家に対しての愛の心とは、第一義的にはされないということである。愛国心とは、「国《くに》」を愛する心のことであるわけだが、その「国」は、今の場合、政治体としての国家の意味には、第一義的にはならない。第一義的には、郷土に根ざした伝統的文化の統合体たる「祖地」の要素の強いものであった。「祖地」の意味を多分にもつ「祖国」という意味のものであったと言ってもいい。

第六節　ある戦没学生の批判精神

ただし、そういう次元の愛国心にも問題がある。上山春平「大戦の経験から」(『上山春平著作集　第三巻』、法蔵館、一九九五年)中、以下のようにある。

自分自身が国のために犠牲になるとか集団のために犠牲になることを決断し終わった人間は、全体のなかにとけ込んだような、全体から支えられているような、集団の死んだ祖先たちまで含めて自分に寄り掛ってきているような気持ちになる。(略)集団の一員として自分を犠牲にすることで陶酔できる、非常に安らかに犠牲になっていけるというカルチャーが人間の歴史に積み重ねられてきた。(29)

自然で素朴な、非政治的な愛国心であっても、問題は尽きない。そういう愛国心をもって「国」に命を捧げるという決心をしたものが、えてして陥りやすい陥穽について述べられているのである。即ち、えてして、彼等は、みずから、そういう自己自身に感動し陶酔することがあるということである。そして、直面すべき現実から眼を逸らしてしまうのである。とは、そこに自己欺瞞が認められるということである。

私は今、上山『国を守る』とは何か」(上山前掲書)中の、「私たちの多くが、太古以来の共同体の慣しと掟に従って戦場におもむいた遠い昔の青年たちの心情に通じる古めかしい心情にみずからをゆだねてしまったのは、精神的苦悩を回避するための自己欺瞞にすぎなかったのではないかという厳しい見方も成り立つかと思う[30]」という言葉をも思い合わせている。

既出、和田稔は、入営を前にして、遺書体風の特別の日記を綴った。「遺留のノート―弟妹のために―[31]」と題するものである。その一九四三年一〇月三日付けの記事中、こうある。

　昨日、兵役の細目が発表された。若菜、私は今、私の青春の真昼前を私の国に捧げる。私の望んだ花は、ついに地上に開くことがなかった。とはいえ、私は、私の根底からの叫喚によって、きっと一つのより透明な、より美しい大華を、大空に咲きこぼれさすことが出来るだろう。私の柩の前に唱えられるものは、私の青春の挽歌ではなく、私の青春への頌歌であってほしい[32]。

「若菜」とは、和田の三人いる妹の中の一番下の妹のことで、当時、国民学校の児童であった。

ところで、和田の遺稿集は、既述の通り、最初、筑摩書房から出版されたのだが、その後、角川文庫本として再出版された。筑摩書房版の遺稿集の「解説」は、安田武である。上山春平の「解説」はない。で、安田は、「解説」の中で、右に引用したくだりに対して、和田のおかれた立場に深い理解と同情とを示しつつも、一方、「自己偽瞞[33]」という評言も呈している。

上山も、右のくだりを角川文庫本中の「解説」で取り上げている。まず、上山のを見てみる。

この文章が書かれたのは、「学徒出陣」の名で知られている学生の徴兵猶予全面停止の措置が発表されてから十日ほどたったころであった。和田さんは、当時の多くの学生たちと同様に、いったん戦場におもむいたからには生きて還ることはあるまい、という覚悟を固めていたのである。しかし、こうした覚悟を迫られたとき、選ばれたものとして豊かな将来を夢みる幸運にめぐまれていた和田さんが、自らの可能性を充分に展開する機会を与えられないままに、その生涯を閉じてしまうということに、深い無念の思いをいだかざるをえなかったのは、言うまでもあるまい。和田さんが、「学徒出陣」のニュースをきいたのは、昭和十八年の九月二三日のことであった(34)。

以下、同日付けの日記の記事の一部を掲げる。

恐れながら待っていたものがとうとう来たという感じだった。法文科系統徴兵猶予停止案。さばさばした気もした。だが一つの仕事に区切りをつけることすらもできずに、今までの二〇余年の生涯をうつろいすごさせてしまったことには言いしれぬ淋しさを感じる。私は私の精神のかたまりを、たとえ幼くともある形で死後にのこしたいと思った。それは、たとえ国家へ捧げる死ということにおいて、いかに究極の目的が一致していることとはいえ、たしかに国家の現に私に直接要求している道からみれば、ある迂路をたどりつつあった私にとって、それは大層に大変なことであると思う。国が今、私に求めている私の頭と、本来毎日をすごしている私のそれとはいささかことなる部分に属するからだ(35)。

因に、わだつみ会編『学徒出陣』(岩波書店、一九九三年)によると、当日―九月二三日―、朝刊各紙が、東条内閣が「国内態勢強化方策」という政策を発したことを報じた。それには、九つの項目があった。その中の一つ、つまり、「(2)国民動員の徹底」という項目が、学生たちに関係するものであった。その項目の中に、法・文・経関係の学生たちの徴兵猶予を停止すると読み取れる文言があった(36)。

当日付けの「朝日新聞」(東京本社版、朝刊)を見てみると、第一面の見出しの一部に、「学生の徴兵猶予停止」の言葉がある。また、「(2)国民動員の徹底」は、「二、国民動員の徹底を図る」という形で出ている。で、「これがため」とあり、続いて、「(イ)一般徴集猶予を停止し理工科系統の学生に対し、入営延期の制を設く」とある。猶、「学生の徴兵猶予停止」が正式に決定されたのは、同書によると、一〇月二日のことである(37)。

当日付けの「朝日新聞」(東京本社版、朝刊)の第一面に、「徴集延期停止の学徒　今月二五日から検査　細則発表一二月一日に入営」という見出しの記事がのっている。本文中、「政府は二日付官報をもって『兵役法第四一条第四項(戦時または事変に際して特に必要ある場合は勅令の定むるところにより徴集を延期せざることを得)の規定により当分の間在学の事由に因る徴集の延期は之を行はず』との在学徴集延期臨時特例に関する勅令を公布し、即日施行せられることとな」った、とある。

既出の、和田の一九四三年一〇月三日付けの日記中の、「昨日、兵役の細目が発表された」という記事は、右の記事と関係することであろう。当時、和田は、東京帝国大学法学部二年生であった。

上山はこう解説する。

和田さんは、一応は時代の風潮にしたがって、国家に対する奉仕の義務を、一つの至上命令としてみとめるタテマエをとりながら、自分たちを学業の中途で戦場にひっぱり出して、一人の兵士として使うよりは、自分たちの能力を充分につちかう余裕を与えて、その能力にふさわしい使い方をする方が理にかなっているのではないか、という疑問をぬぐい去ることができなかったのだ。しかし、事態は、こうした疑問にたいする得心のゆく解答を見いだす余裕を与えず、和田さんに一兵士として国家に生命をささげることを強制した。和田さんは、止むなく、自らに向かって、「国家の現在にとっては、私が現在なしうるかすかな力が、将来なしうる大きな功よりもはるかに大きいのだ」(九月二三日) と言いきかせるほかはなかった。そのときから、「私はきっとより美しい大華を大空に咲きこぼれさすことができるだろう」(一〇月三日) と書くに至るまでには、はかり知れぬ深刻な精神の葛藤があったに相違ない。(38)

確かに、上山の言うように、学徒出陣のニュースにふれ―九月二三日―、そして、くだんの気持ちになる―一〇月三日―までの間には、和田のうちに、「はかり知れぬ深刻な精神の葛藤」があったであろう。

だが、それはそれとして、一方、また、確かに、その気持ちに対して、安田の評言のような印象を私はいだくのである。安田は、「自己偽瞞」という評言を用いていた。換言すれば、和田は、徹底して問題を追究せず、現実逃避に陥り、易きに流れているという印象を私はいだくのである。以下の発言もある。「遺留のノート―弟妹のために―」中のものである。「現在の私達にとっては、死後の世界、などという一個人の問題など毫も気がかりになりうるものではなくて、もっとも問題なのは、ただ死に方如何、いかにして意義のある死に方、国家に報じ得る死に方をなすことが出来るか、ということであり、死んでからどうのこうのとか、死への恐怖とかいう余地は考えの中にない」(一〇月九日)(39)。「かっては未練なく死ねる道というものとしては、その人個人の死後への信頼のみしかなかった。しかし今日では、国家への信頼がより大きく人の死を美しくしてくれる」(40)(同前)。国家を前提にして全てが始まると、和田は考えている。自己のアイデンティティーの根拠が、国家にとられているわけである。その国家は、民族と一体的に把握されたものであったろう。

私は、今、当時、哲学界を風靡していた田辺元の「種の論理」を想起する。和田が「種の論理」の影響を受けていると、直接、言うわけではないが。ただし、また、和田の思想を学問的に辿るとしたら、「種の論理」のようなものになるとは思う。で、「種の論理」的思考をする限り、国家の道義性を正しく問うことはできないのである。このことは、いわゆる国民国家の陥穽を言うものでもある。田辺の「種の論理」については、あとで批判的に考察する。

ただし、和田は、真摯で鋭敏で、内省的な人である。以下のような発言もある。

私には、仁科中尉のように大仰な言葉は吐けそうにない。彼の言々句々はすべて一途なる愛国の熱にもえ上っている。しかし、私の冷厳な心はそれすらも静かな反省の深みにおし静めようとしている。もちろんそのような内省などたしかにつまらぬ。そして不必要なものと言われるべきではあろう。しかし、一度考えることを知った私達には、それが不可避の重荷であることを私は感ずるのだし、またそれをになってこそ、私には私の一生の精算が出来上ると思うのである、(41)(一九四五年四月一八日付けの日記の記事)。

人間を精神的存在と規定する限り、愛国心とか、祖国愛・民族愛というような言葉を口にする時、厳密には、同時に、和田のような冷厳さ、理性的態度が必要である。既出の和田の、「余の自負せる、死生観と雖も、あるいは余の芝居気の一端に過ぎ得ざるかも知れず。一層の反省努力、必要なり」という言葉を、今、思い合わせてもいい。

ここで、先に引用した学徒出陣を前にしての記事—「遺留のノート—弟妹のために—」中の一九四三年一〇月三日付けの日記中の一部—に再度、眼を向けたい。それに対する、安田武の「自己偽瞞」という評言にも。安田は、評論「戦中派・その罪責と矜持—戦前・戦後派に与える—」(『展望』一九六七年六月号)中、戦中派世代—直接には、学徒出陣組を指す—の精神的骨格の美質として、「求道的姿勢に支えられた誠実主義の過剰[42]」と精神の貴族主義[43]の二点を上げている。精神の貴族主義とは、当時の軍国主義とか全体主義といった風潮に流されることなく、自己を精神的に高く、独自に保持せんとして生きた学徒兵たちのその主観的心情を指して言うものである。

ところが、安田によれば、それらの美質ゆえ、彼らは全面的に戦争協力に赴くはめになったのである。そこに、戦中派世代たる学徒兵の悲劇があるという。安田に従うなら、和田もそういう悲劇を演じた学徒兵の一人となる。安田は、以下のことも言っている。

過剰な誠実主義は、対象と自己との距離を見失うことによって、しばしば盲目的な愛あるいは忠誠に献身しやすい、というような自己批判が、戦中派世代自身のうちに目醒めてくるためには、それこそ軍隊、戦場、敗戦という、その後の幾つかの試練が必要であった。[44]

先に問題にした、学徒出陣を覚悟しての和田の文言に対する安田の「自己偽瞞」という評言は、つまるところ、否定できないと思う。ただし、そのあと、和田は自分の思想を短期間に急速に深めて行った。このことも忘れてはならない。また、ただし、究極まで思考を展開しえたかどうかは、別問題である。

それにしても、戦争を宰領する国家とは何なのであろう。私たちの国家は国民国家と言われるものである。国民国家は近代的国家とされる。以下、国民国家に関係した考察を行いたい。

第七節　人情と国民国家

夏目漱石は、一九一四年、「私の個人主義」と題する講演を行った[45]。その中で、以下の意味のことを言っている。即ち、私は自分の個性の自由な発展を目指すものだが、それと共に、他人がその個性の自由な発展を目指すことを尊重するものである、だから、私の個人主義は、「道義上の個人主義[46]」である。

ただし、私に今、興味があるのは、漱石の自己の属する国家の道義性についての考えである。自己の個人主義とその国家との関係についてこう言っている。

　個人の幸福の基礎となるべき個人主義は個人の自由が其内容になってゐるには相違ありませんが、各人の享有する其自由といふものは国家の安危に従って、寒暖計のやうに上ったり下ったりするのです。是は理論といふよりも寧ろ事実から出る理論と云った方が好いかも知れません、つまり自然の状態がさうなって来るのです。国家が危くなれば個人の自由が狭められ、国家が泰平の時には個人の自由が膨張して来る、それが

当然の話です。(47)

個人の自由は、国家の安危と深く関係する。国家が安全な状態にある時には、個人の自由は増し、逆に危険な状態にある時には、それは狭められる。これは、人間の頭で考えた理論の問題というより、事実から出る理論と言うべきであろう。

このようなことを漱石は言っているわけだが、漱石は、自然な人間感情、つまり、人情に観点をおいて、話をしているようである。以下のことも言っている。

愈《いよいよ》戦争が起った時とか、危急存亡の場合とかになれば、考へられる頭の人、—考へなくてはゐられない人格の修養の積んだ人は、自然そちらへ向いて行く訳で、個人の自由を束縛し個人の活動を切り詰めても、国家の為に尽すやうになるのは天然自然と云ってゐゝ位なものです。(48)

一人前の人格を有する程のものなら、国家の危急時となれば、誰でも、個人の自由や個人的活動をみずから制約しても、自然、国家のために尽くすようになるものである。

こう漱石は言っているのである。そういう時の人間の感情を漱石は自然なものとする。とは、漱石は、人情を重んじ、そして、その観点から話をしているということである。人情はないがしろにすべきではない。何となれば、私たちは人間だからである。ないがしろにすれば、私たちがこの世で直面し、直面せざるを得ない問題の全的な解決は望めないであろう。だが、また、人情それ自身にも、私は問題を感じるのである。人情を原理として言動を成すところ、国家の道義性は正せないと、私は考える。正に国民国家の場合、である。では、国民国家とはどういう成り立ちのものなのか。この点、あとでよく考えてみる。

国家の道義性の問題については、漱石自身、ある程度、考えていたと言える。くだんの講演中、漱石は、国家の道義と個人の道義とを比較し、国家の道義は個人のそれより数段低いと言っている。国際社会において、国家は、ペテンをやり、詐欺をやり、ごまかしをやる、国家とはそういうもので、国家に個人に問うような道義を問うのはそもそも無意味である、と。

今、私は、田辺元の「国家の道義性」(『中央公論』一九四一年一〇月号)中の以下の文言を思い合わせる。

> 個人の道義は必ず何等かの程度に於て国家の規整により保障せられるのである。然るに国家の場合には斯かる規整が無い。たゞ各国家の自省にその道義性は保障せられる外ない。而して国家は個人と異なり、個人が国家に身を献げることに於て道義を完くする如くに、自己の存在を献ぐべきものを有しない。却て国家は自己の上に何等他の現実存在を有することなき絶対的主体存在なのであるから、飽くまで自己の存在を自力によって守り、国力を自力によって発展せしめなければならぬ。(略)国家の場合には、自己が最高絶対の自主的存在であるから、自ら自己の生存を抛つことは却て道義に反する。国家は個人の存在の普遍的基盤であるから、個人の為に自己を飽くまで維持しなければならぬ。(49)

こういうことだと、国家の道義性を正す問題は、正に困難な問題となる。だが、私には考えがある。私は、直截に言えば、個人主義をもってそれにあたる。ただし、その個人主義は、漱石流のものとは異質である。漱石の場合、自己の根拠が、自民族とか、自己の属する国家・社会にとられている。だが、私の場合、自己の根拠は、絶対に超越的なある何かとの関係のもと、とられるものである。丁度、その点に、私は真の自己の成立を見る。真の自己の観点でこそ、国家の道義性を正すことができる。また、生死の意味も正しく出る。

ただし、私の言うことにも大きな問題がある。そういう絶対に超越的なある何かの存在は、存在すると信じる以外、その保証がないのである。また、厳密には、そこでの信は、心身の全体を賭けてのものでなければならない。このように考えて来ると、事実上、真の自己の成立は不可能ではないかと思われるのである。では、どう問題に対処すればいいのであろうか。こういうことについても、あとでよく考えてみる。

因に、漱石は、明治維新の前年の一八六七年の生まれで、言わば、日本における国民国家形成のプロセスと共に成長して行った人である。問題の講演は、日露戦争（一九〇四、五年）を経て、日本が一応、国民国家形成を果たし、また、新たに対外戦争―第一次世界大戦（一九一四―一九一八年）―を始めた頃のものである。漱石に対する細かい理解ということでは、そういう彼の生きた時代の日本の国家事情にも眼を向ける必要があるであろう。

以下、さらに人情について考えてみる。人情を原理としては、死の意味が正しく出ないのである。このことは、人情を原理としては、真の自己の確立ができないということの一つの証明にもなるものである。

第八節　人情と死

死は悲しい、というのは、人情である。人情は大事にしなければならない。だが、ユニバーサルな視点からしたら、どうであろう。死ぬことにも、意味があるのではないか。死は悲しい、というところ、人間の我《が》の問題があるように思われる。

私たちは、この世に生まれて来ることをいかんともし難い。同様に、本質的に言って、死んで行くことも、である。それなら、生死いずれも、本質的に言って、そのまま自然に受け入れるのが正しいのではないか。

だが、事実はそうは行かない。私たちは、闇雲に（肉体的）生に執着する。一方、死に対しては、闇雲にそれを忌避するのである。人情ゆえである。それなら、人情とは何なのか。人情それ自身に問題はないのか。人情とは、自然な人間感情のことであろう。そして、自然な人間感情からするなら、私たちは、闇雲に、それぞれ自己の肉体的生命に固執するのである。それなら、論理的に言って、人情からしては、死の意味は出ない、となるであろう。ユニバーサルな視点からするなら、正に罪なものとなるであろう。死は悲しいという感情は、人間の我の問題となるであろう。

本居宣長は、人情主義者だったが、人情について、細かく以下の論をなしている。

「情」と「欲」とのわきまへあり。まづすべて人の心にさまざま思ふ思ひは、みな情なり。その思ひの中にも、とあらまほし、かくあらまほしと求むる思ひは、欲といふものなり。さればこの二つは相離れぬものにて、なべては欲も情の中の一種なれども、またとり分きては、人をあはれと思ひかなしと思ひ、あるは憂しともつらしとも思ふやうのたぐひをなむ、情とはいひける。（略）欲の方の思ひは一筋に願ひ求むる心のみにて、さのみ身にしむばかりこまやかにはあらねばや、はかなき花鳥の色音にも涙のこぼるるばかりは深からず、(50)（『石上私淑言』）。

宣長は、人情の全体を肯定した。人情とは、人の心のことだが、その中には、欲としての心もある。だが、そういう心も宣長は肯定した。とは言え、また、欲としての心と情としての心とは、価値的に区別されているのでもある。「もののあはれ」の感情は、欲ならぬ情としての心・人情、の問題である。このものについて、『あしわけ小船』中、こう言っている。

欲と情との別ちは、欲はたゞねがひ求むる心のみにて感慨なし。情はものに感じて慨嘆するものなり。(51)

小林秀雄は、『本居宣長』中、右に対して、

「情」の特色は、それが感慨であるところにあるので、感慨を知らぬ「欲」とは違ふ。「欲」は、実生活の必要なり目的なりを追って、その為に、己れを消費するものだが、「情」は、己れを顧み、「感慨」を生み

出す。(52)

と言っている。要するに、欲ならぬ情としての心、「もののあはれ」の感情、は、自己自身、自己をととのえる性質を有するということである。

宣長は、歌論・物語論に一区切りをつけたあと、概略、三〇代の後半、古道の研究に入って行く。今、『古事記伝』を思い合わせていい。その古道の研究は、宣長に日本人本来の死生観を深く考えさせた。

で、その際、小林に学んで言うことだが、前半生においてやった文学論としての「もののあはれ」の感情論が、大きく影響を与えた。(53)では、そもそも、宣長は、文学論としての「もののあはれ」の感情をどのように捉えたのか。『紫文要領』にこうある。

世の中にありとしある事のさまざまを、目に見るにつけ耳に聞くにつけ、身に触るるにつけて、その万の事を心に味へて、その万の事の心をわが心にわきまへ知る、これ、事の心を知るなり、物の心を知るなり、物の哀れを知るなり。その中にもなほくはしく分けていはば、わきまへ知るところは物の心・事の心を知るといふものなり。わきまへ知りて、その品にしたがひて感ずるところが、物の哀れなり。(54)

では、「もののあはれ」の感情をもって、宣長は、どう死の問題に対処するというのか。以下、小林に学ぶ形で述べる。

死は途方もなく悲しい。そう反応するのが人情である。そういう人情こそが、「もののあはれ」の感情である。

死の悲しみの心・感情は、「もののあはれ」の感情の代表である。歌は、「もののあはれ」の感情を根源にして成立するものであり、物語は、「もののあはれ」の感情を心を込めて他人に伝えたいという人間本来の欲求に基づくものである。そういうことで、結果、悲しみの感情は、ある感慨に至り、安定するのである。[55]

だが、死は、本質を言えば、この世のものではないであろう。宣長流の「もののあはれ」の感情というのは、この世に存在するある何かから触発される、そのものについての感動の心を言うものである。それなら、そういう「もののあはれ」の感情をもってしても、所詮、死の本質は解明しえないであろう。[56]

だが、いろいろ言っても、宣長は、人情主義者だったとされる。このことは、日本神話の研究の結果、宣長が、人情主義の点に日本民族の伝統を見たことによる。宣長に本当に欠けているのは、自民族の伝統の客観性を問うという問題意識である。

なるほど、人情からするなら、死とは忌避されるべきものである。また、人情を一方的に無視するなら、私たち人間がこの世で直面し、直面せざるをえない問題の全的な解決は望めない。だが、私は、人情の罪ということも考えるのである。人情を原理にしては、死の問題は正しく解決できないのである。

以下、漱石に即して、問題を考えてみたい。晩年の一九一五年の『硝子戸の中』(八)中、「『死は生よりも尊とい』斯ういふ言葉が近頃では絶えず私の胸を往来するようになつた」[57]とある。一九一四年一一月一三日付けの、漱石の林原（旧姓、岡田）耕三宛の書簡中、「本来の自分には死んで始めて還れる」[58]とあるのも思い合わされる。
また、一九一五年二月一五日付けの畔柳《くろやなぎ》芥舟《かいしゅう》宛の書簡中、

> 私は死んで始めて絶対の境地に入ると申したいのです。さうして其絶対は相対の世界に比べると尊い気が

するのです。[59]

とある。

ところで、漱石は、「文芸の哲学的基礎[60]」（一九〇七年）中、真・美・善・荘という四つの生の理想を上げている。「荘」とは、他人に荘厳の感を与える生き方のことで、少し具体的に言えば、国家のためとか、人々のためとか、宗教のためとかで、自己の肉体的生命をあえてでも犠牲にして生きる生き方のことである。

ただし、既出、林原耕三宛の書簡中、「私は生の苦痛を厭ふと同時に無理に生から死に移る甚しき苦痛を一番厭ふ、だから自殺はやり度ない[61]」とある。漱石は、心中、死に意味を見出していたのだが、一方、実際の死に伴う肉体的苦痛には堪えられないという思いももっていたのである。

『硝子戸の中』（八）によると、漱石は、ある自殺志願者に対して、生きるよう助言している。死ぬことは、その人にとって、理想に殉じるという意味があると漱石にはされたのであったが。そういうことで、以下の自己反省になった。

斯くして常に生よりも死を尊いと信じてゐる私の希望と助言は、遂に此不愉快に充ちた生といふものを超越する事が出来なかった。しかも私にはそれが実行上に於る自分を、凡庸な自然主義者として証拠立てたやうに見えてならなかった。私は今でも半信半疑の眼で凝と自分を眺めてゐる。[62]

このように、漱石は、自己反省しているのだが、これによると、彼は、日頃、自然主義者に批判的であったことが知れる。

「文芸とヒロイック」(63)（一九一〇年）に、この点、端的に出ている。これは佐久間勉艇長に関する話である。一九一〇年、訓練中の潜水艇が事故を起こし、佐久間艇長以下合計十四名の軍人が殉職したことがあった。その後、潜水艇は引き揚げられた。十四名の軍人たちは、皆、各自の持ち場についたまま息絶えていた。佐久間艇長は、苦しい息のもと、手帳に遺言を認めていた。まず、天皇に対して、自分の不注意で、艇を沈め、部下を死に至らしめることになったことを詫びる言葉があった。それから、事故の原因、沈没した艇内の情況、これらが述べられていた。また、部下の遺族の今後の生活についての配慮を願う言葉があった。上官や恩師に対する別れの挨拶の言葉もあった。佐久間艇長は、有毒ガスの中で、文字通り息絶え絶えになりながら、遺書を認めたのであった。

漱石は、佐久間艇長の遺言を読み、深く感動した。以下の意味のことをそこで言っている。自然主義者は、現実の人間がどういうものであるかを暴露し、悲哀を覚えるという。本能の権威を彼らは一般に説く。だが、悲哀を覚えるとは、彼らもある意味で理想をいだいているということであろう。で、理想には美や荘の理想もあるのであり、このことを彼らは知るべきである。そして、そういう理想のために本能に打ち勝ち、自己を犠牲にして生きる人が、少数ながら現実にいることに眼を向けるべきである。

だが、『硝子戸の中』では、漱石は自己のことをありふれた自然主義者と言っている。これは、肉体的死を素直に肯定できない自己を反省しての言葉である。だから、他人に理想のために死になさい、というていのことは言えなかったのである。生きなさい、とは言えても、である。『硝子戸の中』（八）中、以下のことも言っている。

現在の私は今まのあたりに生きてゐる。私の父母、私の祖父母、私の曾祖父母、それから順次に遡ぼって、百年、二百年、乃至千年万年の間に馴致された習慣を、私一代で解脱する事が出来ないので、私は依然として此生に執着してゐるのである。(64)

漱石から私が学んだことは、日頃、死に意味をちゃんと見出しているとか、死は尊いとか言っていても、いざ、現実に自分の死に直面すると、人間はそれを闇雲に忌避する一般にあるということである。そして、途方もなく悲しむのである。闇雲に、である。人情からして、頷ける話である。それなら、人情には罪な点があるのではないかと、私は思うわけである。視点を変えて言えば、これは人間の生存本能の問題である。仏教的には、人間の宿業の問題とされる。では、こういったことに対して、人間はどう対処すればいいか。この点、漱石はちゃんと考えていない。宣長流には、既述のように、その悲しみの感情は、歌を生み、物語を作らせ、結果、自然、ととのうという話になる。

厳密に言うと、宣長も、また、死の意味について考えたのである。だが、そういったことは、基本的に神の領域の問題とした。人智では、はからいえないこと、と。死に対しては、ただ悲しむばかりである、と。『答問録』中、以下のようにある。

神道の安心は、人は死候へば善人も悪人もおしなべて、皆よみの国へゆくことに候。善人とてよき所へ生れ候ことはなく候。(65)

これは、「何ごとも皆神のしわざに候[66]」という言葉と密接に関係があるものである。もっとも、宣長によれば、本質的には、神道には安心を問題にするということがない。以下のように、『答問録』中、ある。

神道の安心は、たゞ善悪共によみの国へ行とのみまをして、其然るべき道理を申さでは、千人万人承引する者なく候。然れども其道理はいかなる道理とまをすことは、実は、人のはかり知べきことにあらず、儒仏等の説は、面白くは候へども、実に面白きやうに此方より作りて、当て候物也。御国にて上古かゝる儒仏等の如き説を、いまだきかぬ以前には、さやうのこざかしき心なき故に、たゞ死ぬればよみの国へ行く物とのみ思ひて、悲むより外の心なく、これを疑ふ人も候はず、その理屈を考る人も候はざりし也。さて其よみの国は、きたなくあしき所に候へども、死ぬれば必ずゆかねばならぬことに候故に、此世に死する程悲しきことは候はぬ也[67]。

つまり、(生死の)安心を問題にするのは、儒仏の悪影響によって日本人がこざかしくなった結果と言うのである。「安心は無益の空論にて、皆外国人の造りごと[68]」というわけである。

ところで、どうして、悲しめば、悲しみの感情は癒されるのであろうか、ととのえられるのであろうか。こういう問題が、何等かの意味で、宣長に考えられていたはずである。もし、そういうことでなかったなら、神道は宗教にならない。この点、小林は、宣長の考えを推し量って、悲しみの感情のもつ逆説性に言及しているわけである。大きく言えば、「もののあはれ」の感情のもつ逆説性に。この辺のことについては、先にふれたところである。小林は、以下のようにも言っている、「死を嘆き悲しむ心の動揺は、やがて、感慨の形を取って安定するであらう[69]」と。そこには、歌・物語といった、悲しみの感情に基づく創作が介在する一般にあるが。

ところで、相楽亨は、『本居宣長』（東京大学出版会、一九七八年）中、こういう小林を批判している[70]。人間は普通、死を悲しく思うものだが、そのことは、宣長には神のしわざの一つと考えられていた。だから、死を悲しむことのうちに、すでに、基本的に、神への随順があると考えられていた。また、悲しむことで、悲しみの感情をととのえ、結果、素直に神への随順を果すというような考えが宣長にはあった。

ただし、小林の場合、宣長の、悲しむことが神への随順になるという思想がちゃんと理解されていない。

このような批判を相楽はするのだが、批判はあたっているように思われる。

また、相楽は、「日本人の死生観」（『仏教思想10　死』、平楽寺書店、一九八八年）中、「悲しみにそもそもあきらめへの道が内包されているのではあるまいか[71]」と言っている。で、「あきらめ」については、以下のように説明している。

「あきらめ」とは不本意をのこしつつも、なすすべなく、それを受容し、それに従う意識である。受容する限りにおいて、そこには不本意をのこしたままの一種の心の安定がある[72]。

こういうことなら、死の悲しみに徹することで神への随順を果すといっても、せいぜい死を運命としてあきらめ、それを素直に受容するといった程度のことしか考えられないであろう。そこでは、死の不本意さは、本質的に超えられないのである。相楽流に宣長の思想を理解するといっても、死の意味の問題が、宣長において、ちゃんと追究されているとは言えないのである。

死の意味の問題は、本質的に言って、認識の問題ではなく、決断の問題である。換言すれば、私たち人間が、絶対に超越的なある何かを、心身を賭けて信じとりうるかどうかの問題である。結果、死に意味を見出すのである。そういうところに、真の自己の成立もある。また、真の自己の観点からして、国家の道義性が正されるのでもある。この辺のことは、また、あとで詳しく考える。

今、言っておきたいことは、矛盾するようだが、私は人情から眼を逸らすものではないということである。もし、仮に、人情をないがしろにするなら、問題の全的な解決は望めないであろう。そういうことで、私は、人情に眼をおきつつ─死の悲しみに眼をおきつつ、と言ってもいい─、また、同時に、人情の罪ということも考えるものである。

以下、小林の国家観を見てみるが、彼が人情主義者であったことはある意味でいいこととしても、国家の道義性をそれゆえ正しくは問いえないという問題には、彼はちゃんと眼をおいていないのである。

第九節　小林の国家観

小林「戦争について」中、以下のようにある。

日本の国に生を亨けてゐる限り、戦争が始まった以上、自分で自分の生死を自由に取扱ふ事は出来ない、たとへ人類の名に於ても。これは烈しい事実だ。戦争といふ烈しい事実には、かういふ烈しいもう一つの事実を以て対するより他はない。将来はいざ知らず、国民といふものが戦争の単位として現在動かす事が出来ぬ以上、そこに土台を置いて現在に処さうとする覚悟以外には、どんな覚悟も間違ひだと思ふ。(73)

私たちは、日本国家の国民である。それなら、私たちは、国家が戦争を始めた以上、国家に献身しなければならない。身命を賭して国家中心の生き方をしなければならない。例え人類の名においても、この考えは否定できない。

このようなことを小林は言っているわけである。戦争という現実は烈しい現実と小林は言っているわけだが、これは小林の国家観と密接に関係することである。小林は、戦争の単位として国民というものを考えている。国家が行う戦争に対して、そう小林は言うわけである。とは、国家と国民とを小林は一体的に把握しているということである。

さらに言えば、小林は、国家は国民たる一般の人々のための国家という考えをもっているとされる。国家観ということでは、これは国民国家を想起させる発言である。戦争という現実が烈しい現実とされるのは、小林が国家を国民国家的に捉えているからである。

小林の言うことは、人情的にはよく分かる。だが、人情の観点からは、国民国家の道義性は正せないであろう。また、小林は、自己の属する国民国家のその国民という立場から話をしていると言える。それなら、その立場は、人情を原理とした立場と言えるであろう。もっと別の立場・観点からの話はないのであろうか。例えば、精神として規定された、一人の人間としての立場に立って話をするというような。その時、人情それ自身が反省の対象になっているのでもある。

ともかく、今、言えることは、小林の好戦性である。これは、小林の国家観と関係する。国家を国民国家的に把握する以上、国民にとって好戦性は必然的なものと思われる。

この点、西谷修が『戦争論』（岩波書店、一九九二年）中、以下のように言っているのが思い合わされる。

国家を一人（あるいは少数）の主権者が支配していた時代には、戦争をその主権者たちの恣意や「好戦性」や「野蛮さ」に帰することもできた。だが、〈国民国家〉においては、それがいわゆる立憲君主制であれ、共和制であれ、国家は〈国民〉を基盤に成り立つということが前提であり、たとえ擬似的にではあっても、為政者は国民の意志をまったく離れて政策を遂行することはできない。とりわけ戦争ともなるとそうである。もちろん国民の支持は、教育やプロパガンダや情報操作や合法非合法の強制など、あらゆる手段で作り出されはするのだが、それでも政府が戦争に撃って出るとき、〈国民〉は高揚し、戦争に向けて励起する。戦争が国家の存亡のかかった危機だとすれば、国民国家の〈国民〉にとってそれは〈国民〉自身の危機だからである。(74)

国民国家は、国民たる人々一般を基盤として成立する。そこでは、彼らの意向を無視して政治をすることができない。また、彼らは、国家に対して自分たちの国家ということで一体感をもつ。だから、戦争は国家にとってその存亡が問われる危機だが、その危機を、彼らは自分たち自身の危機としても受け止める。そして、自国のため、みずから戦争に向かって励起する。

西谷の言葉を要約したものだが、要するに、国民国家の国民たる人々の好戦的性格が説かれているのである。で、そういう意味の好戦的性格を、私は、小林の発言のうちにも認めるものである。

小林は、「将来はいざ知らず、国民といふものが戦争の単位として現在動かす事が出来ぬ以上、そこに土台を置いて現在に処さうとする覚悟以外には、どんな覚悟も間違ひだと思ふ」と言っている。しかし、私たちは、この世に単にある特定の国家の一員としてのみ生息するのではないのである。人類の一員としても生息するのである。人間の精神性からして、そう言わざるを得ない。(同様の問題を田辺元もいだいている。田辺の「種の論理」構築は、このことと関係する。この辺のことについては、あとで詳しく考える)。だが、小林に即せば、戦争の時は、人類的側面は外さざるをえないのである。それなら、そこに矛盾があることになる。その矛盾に鑑み、小林は、戦争という事実はそれだけ烈しい事実、などと言うのである。私は、そういう小林に違和感を覚える。小林のように発想するのなら、そもそも言語行為の意味が出ない。そのように発想するのなら、小林は、せめて沈黙を守っておくべきであったろう。

もっとも、それなら、言語行為とはそもそも何なのかという問題も出体しよう。この問題について、以下、厳密に考えておきたい。

第一〇節　言語行為の本質

山崎正和は、『劇的なる精神』(河出書房新社、一九六九年再版）中、「言文一致はさかだちしている―思想と実感の間にあるべきもの」において、いわゆる話し言葉、書き言葉という言葉の分類を批判している。そういう分類は、感覚器官に基づくものであって、意味を本体とする言葉の分類としては、本質を穿ったものにはならないと言うのである。

で、山崎は、私たちの心の態度を問題にする。その違いで言葉の分類を行うのである。そこで、「言」と「文」とが言葉の分類概念として立てられる。

「言」とは、「おのれの感情を野放しにして、刺激の波間に身を任せる[75]」というていの心的態度に基づく言葉であって、その時その時の眼前の対象に感情を即応させ、無反省的に発せられるものである。それに対して、「文」とは、「気になる言葉であり、手の焼ける言葉であって、各瞬間の感情に即応していては到底[76]」成立しないものである。「『言』は思いのたけを放出するために役立つが、『文』は逆に、胸の内を整え鎮めるはたらきを持つ[77]」。

個性的な自己は、「文」においてこそ確立される、とも言っている。

また、山崎は、「言」と「文」という私たちの心の態度に基づく言葉の分類を行ったあと、ティピカルには、

「言」は話し言葉に、「文」は書き言葉に、それぞれ実現すると言っている。その際、留意すべきは、山崎が、「言」イコール話し言葉、「文」イコール書き言葉とは、していない点である。つまり、ある場合、話し言葉でも「文」のケースがあり、書き言葉でも「言」のケースがあるということである。

とは言え、現実的には、話し言葉より書き言葉の方が重視される、と山崎はする。この点、文字と音声との間には、言語形式としてどういう違いがあるのかをよく考えて見る必要がある。問題は、文字言語（書き言葉）と音声言語（話し言葉）との質的相違を問うことにもなるものである。

山崎は、また、以下のようにも言う、「書き言葉は本質上、話し言葉に優先する」(78)ものであり、「話すように書くなどというのは論外であ(79)る、「私達は、書くように話すことをめざさなければならない(80)」と。そして、近代の言文一致運動を批判する。それは、「言」を重視し、「文」を「言」に一致させることを理想としたものであった。話すように書くことを。しかし、話すように書くことではなく、書くように話すことこそが大事である。それをこそ理想とすべきである。このようなことを言うのである。だから、言文一致運動は逆立ちしている、と。

とは、思うまま、直接、無反省的に言葉を発しても、社会的に意味のあるものとは言葉はならないということである。人間のいだく思いは、即自的には、一般に肯定できない。だから、思うまま話す、話すように書く、というようなことはおかしい。山崎はそう考えるのである。

もっとも、近代の言文一致運動に関する山崎の理解が当をえたものであるかどうかということについては、疑問なしとしない。言文一致運動においては、話し言葉が重視される。これは間違いない。だが、どういう話し言葉が重視されるかということになると、問題は単純でないのである。話し言葉にも種類がある。この点、山崎は、自己流の「言」をもって、単純に、直接、言文一致運動の「言」としている。これは短絡的である。話し言葉にも種類があるのである。

言文一致運動に携わった人々は、概してもっと思慮深かった。その一例を挙げておく。二葉亭四迷が、「余が言文一致の由来」中、こう言っている。

> 当時、坪内先生は少し美文素を取り込めといはれたが、自分はそれが嫌ひであった、否寧ろ美文素の入って来るのを排斥しようと力めたといった方が適切かも知れぬ。そして自分は、有り触れた言葉をエラボレートしようとかゝったのだが、併しこれは遂《と》う遂う不成功に終った。[81]

「有り触れた言葉をエラボレートしようとかゝった」とある点に留意しよう。単純に話すように書くことが理念とされているわけではないのである。

しかし、私は、言語問題を考える上で、山崎には、複数、学ぶべき点があると思う。その一つは、言語表現の分類を人間の心の態度に基づいて行う点である。換言して、人間の精神的ありように着目して、山崎は言語表現の分類を行うとしてもいい。私は、言語行為の本質を無論、山崎に学んで言うことだが、人間の精神性に着目して考えるものである。当然、そこでは、「言」ならぬ「文」こそが問題になる。山崎は、また、思想のリアリティを保証するものはそれをいだく人の個性的自己であり、その個性的自己の確立に「文」は働く、と言っている。そういうことであろう。ただし、問題提起的な発言に終わっている。この辺のことについては、あとで、また、よく考えてみようと思う。

ところで、山崎は、「言」は話し言葉に、「文」は書き言葉にティピカルには実現すると言っている。現実的に言うなら、そういう意味で、当然、話すように書くことなど、論外となる。大事なのは、書き言葉と。「文」とは事実上、書き言葉である。ただし、書き言葉にも種類がある。「文」たる書き言葉として、詩のケースも考えられる。だが、書き言葉という時、山崎は、直接には散文を想定している。ただし、だからといって、山崎が詩のことを忘却していると言うわけではない。事実、詩に即しても、山崎は、「文」の話をしている。だが、詩の場合、表現形式上、韻律を必要不可欠とする。その点、散文はそうではない。その韻律が直接、問題にならないのが散文なのである。その代り、文字が、言語形式の点で、散文の場合、詩に比べ大きな役割を果す。これが、（「文」としての）書き言葉と言う時、主として散文を山崎が、そして、私達が、想起、想定する理由である。

ということなら、文字とは何か、が、一つ大きく問題となるであろう。しかし、山崎に文字論はない。文字論は、文字言語の本質に直接関係すると考えられる。この考察は、また、事実上、山崎流の「文」の本質的考察ともなるように思う。そういうわけで、以下、文字の本質について考察する。

ところで、山崎の『日本語改革』と私―ある国語生活史」（『日本語の世界16　国語改革を批判する』、中央公論社、一九八三年）も、この際、参考になる。文字論に入る前に見ておこう。山崎は、そこで、会議場や演説会場などの改まった場所での話し言葉は書き言葉に通じると言っている。そういうところでの話し言葉は書き残されることがある。また、あらかじめ書いておいて、それをもとに話が行われるケースもある。だから、書き言葉的な話し言葉が改まった場所では話されると、言っていいであろう。

このようなことを山崎は言い、そして、「言文一致運動は、むしろ理念とは逆のかたちで実現してゐる、と見ることができる(82)」としている。

山崎は、書くよう話すことを主張するものである。その例として、そういう次元の言葉があるとされるわけである。しかし、そういう次元の言葉は、山崎の言う「文」の説明とは一般にならない。「あらたまった場所で語るとき、ひとはだれしも言葉を選ぶものであり、文章の首尾を整へるものであ[83]」る、と言う。講演会場や会議場などの改まった場所では、話し言葉の体裁（文体）に人は有意識的になると言うのである。そういうことで、表現の客観性を人は期そうとするのである。また、「言葉とは、本質的に第三者の立ち聞きを許す伝達方法[84]」であるとも。これも、表現の客観性の問題と絡んでいる。

で、山崎の場合、この第三者のレベルが問題である。講演会場や会議場での言葉に書き言葉の性格を見ることからするなら、それは、せいぜい同時代の社会の人々一般ぐらいの意味しかもちえないものとされる。それでは、山崎自身の「文」の説明に本質的にならない。山崎においては、事実上、文字は話し言葉（音声言語）を表記する機能においてあるものと位置付けられているとされる。文字にそのような機能があることは確かである。だが、それだけで文字の機能を全的におさえることができたとされるであろうか。山崎の言う「文」の説明には、もっと深い書き言葉（文字言語）の考察がいると思われる。また、そのことは、同時に文字の機能がどういうものかについての深い考察を要請するものである。以下、山田孝雄に学びながら文字についての考察を行う。

山田孝雄は、『国語史　文字篇』（刀江書院、一九三七年）中、文字の本質について以下のように言っている。

一、文字は思想、観念の視覚的、形象的の記号である。
二、文字は思想、観念の記号として一面、言語を代表する。
三、文字は社会共通の約束によって成立し、又その約束によって生命を保つものである。[85]

橋本進吉は、この山田の考えに以下の理由で反対した。

文字は単に一面言語を代表するのではなく、全面的に言語を代表するものと考へるのであって、言語には必ず一定の音があるもので、文字もこの音をあらはせばこそ文字であるのである。即ち、文字ならば必ず一定の読み方を伴ふのである。もし、それがなく、只観念思想を表すだけなら文字ではなく符号（記号）にすぎない。実際文字があっても、よみ方を知らない場合があるが、それでも文字である以上は何かきまったよみ方があると考へるのである。無いとは考へない。又一方文字のあらはす思想観念といふものも只抽象的の思想観念ではなく、言語として一定の音であらはされる思想観念、即ち言語の意味ときまった思想観念である。さすれば言語をはなれては、文字はないのである。(86)（「日本の文字について―文字の表意性と表音性―」）。

橋本の山田批判についてだが、橋本は、山田の真意をちゃんと理解していないのではないかと思われる。文字は、言語の一面、即ち、意味の面を代表する、しかし、音の面は代表しない。このように山田は言っていると、橋本は理解しているようだが、誤解であろう。「一面」とは、山田の場合、文字の一面のことなのであって、言語の一面を言うものではない。文字は言語を代表する一面を有すると、山田は言っているのである。そして、その代表ということでは、全面的と考えられているとされるのである。ただし、全面的に言語を代表するといっても、文字全体からするなら一部のことでしかない。即ち、文字は、意味と音とからなる言語を全面的に代表する機能を有するのだが、一方、それとは別の機能も有すると、山田は言うのである。実は、このことについては、橋本も関係したことを言っている。

言語の用といふ側から見て意味の方が実際上重きをなし、音の方が閑却せられる事は事実である。甚しきは、文字は同じであって、よみ方が全然違っても、やはり思想を通ずる役目をする事は漢文の筆録を見ても明かである。(87)

それなら、音が閑却される時、意味の形式として働いているものは何か。この点、以下が参考になる。

音が言語に於て大切なのは意味を伝へる手段としてであるが、文字に書いた場合には、必ずしも音によらなくとも文字として目に見える形だけによっても意味を伝へる事が出来るのであるから、文字の場合に大切なのは、その表音性よりも表意性にあるのである。(88)

文字言語においては音の閑却がある場合があるが、その際、意味の形式になっているのは、「文字として目に見える形」である。そう橋本は言うのだが、これは正しい。ただし、橋本は意味の形式としての音に固執する。それを意味の基本的な形式として憚らない。「文字として目に見える形」を意味の形式として積極的に認める、というような態度はとらないのである。以下の発言もある。

漢字に形音義があると考へられてゐるのは、漢字には表意性のみならず、表音性もある事を認めてゐるのである。次に仮名はどうか。仮名は表音文字といはれてゐるやうに、一々の仮名はきまったよみ方（音）をもってをり、言語の音を表はすが、意味をあらはさないのが常である。さすれば仮名には表意性はないかといふに、さうではない。なるほど一々の仮名はきまった意味を表はさないが、之を実際用ゐる場合には、之を以て言語を書くのである。その場合には一つの仮名で或意味をあらはす事もあり、又一つで足りない場合には、いくつかの仮名を連ねてそれで或意味をあらはす。即ち、個々の文字としてはいつもきまった音を表はすだけで、きまった意味をあらはすのではないが、実際に於ては、やはり意味を表はすのである。(89)

漢字にも表音性があるという発言は首肯される。また、仮名にも表意性があると言う。橋本は、いわゆる文字列ということでの仮名の表意性を問題にしていると言える。これも首肯される。つまり、橋本の言うように、文字は、表意文字であれ、表音文字であれ、表意性・表音性の二面を兼備しているのである。

だが、文字においては、必ずしも音によらなくとも意味を表すケースがある。橋本はそう言う。その通りである。問題は、橋本が、その際、意味の形式としての「文字として目に見える形」にちゃんと眼を向けない点である。

文字は、意味と音とからなる言語を全面的に代表すると、橋本のように言っていい。だが、文字はそれを超えた面も有するのである。これは音とは直接関係ない話である。そこでは、文字の視覚的形象―「文字として目に見える形」―が重要な意味をもつ。それが直接、意味の形式として働くのである。「言語はつまり、思想交換がその目的」(90)と橋本は言っている。それはそういうことだが、思想交換の手段たるものは複数ある。このことを忘れまい。言語以外にもあるのである。

また、橋本の場合、言語と言えば、基本的に音声言語であった。この点にも問題がある。山田孝雄は、「人間の意思表示及び伝達に用ゐる方式」(91)として、以下を上げている。

一、動作、身振等によるもの。これは手真似、身振、頭首の動し方、顔の表情によるもの等をさす。
二、音声によるもの。これは原始的の叫声からして音声に調節を施した言語に及ぶ。
三、絵画によるもの。これはその目的たる物象の形を描き、又はその物象の形に多少の記号を加へて意思を表示することもある。
四、指示的記号によるもの。これは太古に縄を結ぶことによって或る事を示したなどが一例である。それには社会的習慣としての一定の約束（きわめて広義の）といふものの存在が先決条件として存する。(92)

山田は、人間が意思を表示し、そして、伝達する方法・方式として以上の四つを上げるのである。また、「三」に関して以下のように付言している。

第三の絵画での意思表示といふものは言語ほど自由ではないけれど、とにかくに意思表示を或る程度まで行った事は事実である。これが絵画文字の源をなすものであるが、これは元来言語とは別途に発生した方式である。それ故にその絵画から発達した絵文字といふものは、源に溯れば、言語の代表でも奴隷でも無かった筈のものである。(93)

以下のことも言っている。

絵画で人間の意思の表示をなすことは言語の出来てから後、その代りとして起った事では無くして、最初から言語と相並んで行はれてゐた事であるから絵画的文字が文字として用ゐらるゝに至っても、それは言語を一旦用ゐて、さてそれのかはりにそれを記載したものともいはれないし、又それを必ず言語に翻訳しなければ意味がわからぬ訳でも無いであらう。それ故に、文字は絵画を以てそのはじめとしたといふことはいひ得ても、その絵画を以て言語の代用を為さしめたのが文字のはじまりであるといふことは理論上いふ訳には行かぬ。(94)

山田の言う「絵文字」、「絵画的文字」とは、いわゆる象形文字のことである。また、絵画によって意思を表示して伝達するという時の絵画とは、いわゆる絵文字のこととされる。文字の発明以前から、絵文字は、何万年かの、あるいはそれ以上の歴史をもってあったとされる。その間、音声言語とは無関係に独自に使われていた。山田はそういう絵文字に着目するのである。

象形文字の起源は絵文字であり、起源の点で言えば、それは言語の代表とはされない、奴隷でもない、と山田は言う。傾聴に価する発言と言えよう。山田は、また、古代文字の全てが象形文字から出発したとされることに着目する。絵文字以来の伝統をそこに見るわけである。そして、象形文字において文字の本質を見る。音声言語も絵文字も、目的の点では同じである。共に、意思などを表示して他に伝達せんとするものである。その結果、絵文字が音声言語を代表するようになったと言うのである。とは、音声言語の代表として文字が起こったとはされないということである。

以下、山田の言わんとするところをかい摘まんで記す。象形文字は、その起源に遡及して言えば絵文字なのであって、その絵文字は音声言語とは直接関係のないものである。今日の文字も、一般に絵文字以来の伝統としてと言うべく、音とは直接関係なしに視覚的形象をもって直ちに意味を私たちに喚起させる機能を有しているのである。この点にこそ、文字の本質がある。通説としては、文字は音声の代表である。この考えは現実の文字使用のあり方からして、肯定される。しかし、本当は、それは、文字の機能の全体からするなら、一面の真理でしかないものである。

山田は、文字の起源として、いわゆる絵文字を上げるわけだが、単なる絵と絵文字との相違については、「それが物の形象を描くことを目的としたか、それを或る種の記号としたかといふことに存するのであらう(95)」と言っている。また、それが記号であるのなら、「直観に訴ふるに止まらずして思惟に訴へ判断を要求する(96)」と。山田は、絵文字のほかに、指事的記号による意思表示も文字の起源とする。「文字といふものは物の面に或る形を以て書きあらはした約束的の記号である(97)」、この記号には、「絵画的のものから起ったものと指事的記号として起ったものとあるが、いづれも形象的観念的のものであることは一致する(98)」、と言う。いわゆる「六書」中の象形文字と指事文字とに関係した話をしているわけである。「約束的の記号」の「約束」とは、「社会的共通の一定の約束(99)」ということであり、そのことが、「文字の本質上重要な点の一である(100)」とも言っている。

以上において、私が注目するのは、山田が、文字の本質として、視覚的形象から直接、意味を私たちに喚起させる機能を上げている点である。この点、佐野洋子・加藤正弘『脳が言葉を取り戻すとき　失語症のカルテから』(日本放送出版協会、一九九八年)中、以下のようにあるのが思い合わされる。

頭の中で言葉を音韻として思い浮かべることが困難になる失語症でも、漢字の理解は比較的障害されにくく、また、障害が重度で非常に回復が難しい失語症の場合でも、漢字の理解だけは回復してくる場合が多い。その理由には諸説あり、いまだ決定的なことはわかっていないが、有力なのは、漢字の理解がある程度大脳の右半球でもおこなわれているのではないかという説である。つまり、ほかの言語処理機能と異なり、漢字の理解は、大脳の左右両半球に機能が分散されているため大脳の左半球だけがダメージを受けた場合でも障害されにくく、また、左半球の広範囲のダメージによって理解能力が障害を受けた場合でも反対側である右半球が機能の代償をしやすい、というのである。それに対して表音文字である仮名の読みや理解の能力は、失語症になった場合、頭の中で音韻を思い浮かべたり、音韻を意味に変換する能力の障害とほぼ平行して障害される。したがってほとんどの失語症者は仮名文字で読んだり、仮名で書かれた単語や文から意味を汲み取ったりする能力の障害を呈する。(101)

このようにあり、「文字言語における意味理解という情報処理は大きく二種類に分けられる(102)」とされている。

一つは、文字形態そのものが何らかの意味内容を担っていて、それを見た人間が視覚情報処理によって文字から直接意味を汲み取るプロセス。もう一つは、文字形態が音韻情報を担っていて、それを見た人間がまず文字をいったん音韻に変換し、その後あたかも話し言葉を理解するかのように音韻を意味に変換するというプロセス(103)。

これらは、山田の文字観を理解する上で大いに参考になるものである。橋本の場合、文字の本質的機能をちゃんと見ていない。

ところで、山田は、音声言語に対して文字言語を頗る重視し、文字言語を使用するようになった結果、人類は文化を高度に発展させたと言っている。音声言語と違って、文字言語は時空の制約をほとんど受けない。この文字言語の特性ゆえ、知識が広く普及するようになった。また、時代が経つに連れ、その蓄積も豊富になって行った。ついには、高度の文化の発展を見るようになった。

概略、このようなことを言っているのである。

だが、電話・ラジオ・テレビ・テープレコーダー等が普及し、また、通信衛星も実用化されている今日では、音声言語が受ける時空的制約は、正に大きく超えられていると言える。しかし、それでも、なお文字言語は、音声言語とは質的に違った優位性をもつと思われる。そういうことで、以下、文字乃至文字言語の本質について、森重敏『日本文法通論』（風間書房、一九五九年）に学ぶ形で考えてみる。

山崎正和は、既述のように、言葉の分類を私たちの心の態度に観点をおいて行う。そこでは、言葉は、「言」と「文」とに分けられる。人がもっぱら自分の欲望を満足させるために使う言葉が「言」である。これに対して、「文」とは、その人の個性的自己の形成に積極的に関わる言葉である。

もっとも、山崎は、個性的自己とはどういうものか、とか、それと「文」との関係はどうなっているかというようなことについては、ちゃんと説明していない。また、ティピカルには、「文」は書き言葉（文字言語）に、「言」は話し言葉（音声言語）に、それぞれ実現すると言っているが、実際に山崎が上げている書き言葉の例は、「文」としての言葉の説明になっていない。

問題は、一つには、山崎の文字観に関係する。その点が不徹底である。先に山田孝雄の文字観を問題にした。文字は、単に音声言語の表記に機能するのみならず、その視覚的形象から、直接、意味を私たちに喚起させる機能をも有する。こういう意味のことを山田は言っていた。山田に従うなら、後者の点にこそ、文字の本質がある。山田の文字観は正しいと思われる。そして、そういう文字観でなければ、山崎流の「文」として書き言葉の説明は付かないのである。この山田流の文字観は、森重敏において、一層、深められていると言える。以下、森重の文字観乃至文字言語観を見てみる。森重の文字観乃至文字言語観は、その文体論に出る。それを見てみよう。

文体規定を行うにあたって、まず、森重は、どういう文体規定の観点があるかを問う、(「第一章第三節」参照)[104]。都合、三つの文体規定のあり方が説かれる。形態的文体規定・機能的文体規定・意味的文体規定の三つでる。形態的文体規定・意味的文体規定の両者は、人の、言語表現に対する態度に観点をおいたものである。形態的文体規定とは、その場合、客体的態度を言語表現に対して人がとるケースにおいて言われる。都合、そこでは、親和・報知・弁証の三つの機能の観点で三種の文体が立てられる。

機能的文体規定とは、言語表現の資材たる言語のその形式に着目するものである。どういう形式が問題になるのかを簡単に言うと、音声・音韻・文字・語彙・文法の五つである。この五つのそれぞれに対応して、口頭語・筆録体口語文・勝義の口語文・勝義の文語文・文章語の五種の文体が立てられる。

意味的文体規定とは、人の言語表現に対する態度に観点をおいたものだが、形態的文体規定とは相違し、その際、人が言語表現に対して主体的態度をとるところでのものである。換言すれば、言語表現の内容形成に直接、表現者の個性・人格が賭けられるものである。

以下、機能的文体規定の説明を少し具体的に行う。口頭語と言われる、音声を形式とした言語を使用するとされるものの理解としては、友人と親しく一対一で、例えば喫茶店で、会話をする時のことを思い合わせたらいいと思う。概して、そういうところでは標準語より方言が使われる。その方が親しい二人にはふさわしい。標準語はよそよそしい。標準語に比べ、方言は音声の点で音韻に忠実とはされない。そういう意味で、音声に特徴のある言語形式が使用されると言える。また、内容的に深い話があるわけではない。社会的に客観性をもった言語内容が有意識的に追求されるというようなことは、そこではない。それどころか、ここだけの話、ということで社会性のない話を意図的にすることだってある。そういうことでは、正に物理的に短命な音声が言語形式としてふさわしい。以上は、森重に従って言うことである。

筆録体口語文というのは、音韻を言語形式とするものである。筆録体口語文の例として、森重は、新聞記事、ラジオのアナウンサーの言葉、講義・講演の言葉などを上げる。音韻は、「記憶としての音声」(105)であり、「意味を記憶にとどめるための形式である」(106)。記憶上、意味は音韻を形式とするのである。記憶をより確かなものにするために、「この形式はさらに文字をもって代えられることがある」(107)。ただし、森重は、そういうところで文字の本質を見ようとするのではない。この点、留意すべきである。筆録体口語文で問題になる文字は、音韻符号的なものでしかないのである。

次に、森重は、勝義の口語文というのを立てる。これについては、聴覚映像というものの理解が肝要である。

音韻は意味の記憶において成立する無機的な形式であったが、意味に連合する聴覚映像は、意味のいわば自己記憶であり自己保存であり、意味を連合的に想起させる形式である。それは、具体的にかつ統一的に意味を意味として把握したものであり、意味自身のいわば肉体である。意味に連合するとは、このような意味との即一体性をいうのである。聴覚映像はしたがって、内実としての意味そのものの形式であり、まさしく

意味の形である。(108)

勿論、森重に学んでいうことだが、聴覚映像の「映像」とは、意味と有機的即一的に連合した、意味の意味たる形というべきものである。私たちは、この世において、まず音声言語をマスターする。次いで、文字言語である。その意味で、映像は、まず聴覚映像として、私たちに記憶される。文字とは、勝義の意味においては、その「聴覚映像の〈視覚映像〉化したものである」(109)。また、森重の言う通り、聴覚器官においてよりも視覚器官においての方が、ものの存在の認識の点でより確かである。

森重は、勝義の口語文の言語形式を文字とするのだが、ただし、その際の文字は、音韻ならぬ映像に第一義的に対応するものである。その文字は、その視覚的形象の点で、すぐれて右の映像を情報としてもち、そして、また、同時に共感覚的に聴覚性ももつとされる。聴覚性ももつとは、文字の視覚的形象が音韻符号的側面ももつということに他ならない。

森重は、文字の本質を映像の視覚的情報の点で見るものである。それゆえ、「文字をもって書くということは、言語の〈外的形式〉としての音、すなわち音声・音韻を捨象して、ただちに言語の内実たる意味の形成に向うことを得させる」(110)と言う。また、以下のようにも。

文字もまた言語の外的形式ではあるが、それは外的形式のうち、音声・音韻を超えてもっとも内的な、意味と直接に結合した形式である。文字に書くことは、意味を定着させることになるとともに、同時に、意味を触発させることにもなるからである。それは、内面の聴手を通す表現の開展自体の外的形式となるものである。[111]

山田は、文字の視覚的形象から直ちに意味の理解がなされることを説いた。その意味で、文字の音韻性は二次的なものであるとした。この点、森重は、映像という概念を用い、意味の何にその視覚的形象が応じるかを細かく論じているわけである。

さらに、そういう文字を言語形式とする文字言語のその本質を説いているのである。「主題について内面の聴手を通し、すなわち表現の情意をつくした客観性を期することと、文字という形式をとることとは、丁度よく適合しているのである[112]」とも。こういう文字言語についての詳考は、山田にはない。そこでは、文字の使用による意味の触発ということも言われるが、そういう指摘は、山田にはない。

ところで、「内面の聴手」について、森重は以下のようにも言っている。即ち、「表現も理解も、話手・聞手の内面の聴手に対する〈態度〉によって万事を決定されて来る[113]」と。また、「内面の聴手」は、いわゆる聞手（読手）に即して、「内面の語手」とされることもある。「内面の聴手」について、こんなことも言っているのである。

この聴手は、話手が誠実真摯に情意を尽くして客観的であればあるほど、それに応えて、話手の言語内容、いわゆるわけのわかった話に耳を傾ける〈沈黙〉を守るであろう。そしてまた、それがわけのわかった話であればあるだけ、逆に〈雄弁〉に聞手に向っては内面の語手となるであろう。[114]

勝義の口語文は、広義の文学言語に見られる、とされるが、(115)それは、今、問題になっている内面の聴手が、そこに必然的に出るものだからである。

「内面の聴手」なるものに注意しよう。これは、視点を変え、いわゆる聞手（読手）の観点で言えば、「内面の語手」ともなるものだが、こういうものに対して、森重は、ある場合、「おのれ自身の内面の徹底なる他者」とも言う。森重『発句と和歌―句法論の試み―』（笠間書院、一九七五年）中、以下のようにあるのである。

真に歴史性をいい社会性というならば、他者は過去と未来とにわたる客観性をもつものでなければならない。口語文のような現代性という主観性をさらにうち超えて、何よりも言語自体の伝統性を自覚し、新たな言語の創造に主体的であるのでなければならない。話手、いな書手、勝義に文字言語を表現する者は、おのれ自身の内面の徹底なる他者を本来の聞手として立てることによって、当代だけでなく時と所とを超えた聞手、いな読手に通じるのでなければならない。(116)

機能的文体規定上、最も深いものとして、森重は、語彙を言語形式とした勝義の文語文というのを上げる。それは、「内面の聴手」ということでは、「おのれ自身の内面の徹底なる他者」となるものである。

勝義の文語文の言語形式は、文字を用いる点で、現象的には、勝義の口語文に等しいものである。ただし、内実が違う。語彙とは、語の総体を言うものだが、その語には、概念としての意味のみならず、語感としての意味も含まれる。森重は、後者の点を重視する。その点に言語の伝統的意味性を認める。少し詳しく言えば、その民族の歴史が培い育んだ言語の伝統的意味性を認め、重視するのである。

森重に従うなら、勝義の文語文を書くとは、語彙を言語形式とすることで、自己の属する伝統的文化の真髄にふれ、さらには、伝統的なものがつくられてくる根源の声を聴取し、その声に従い、その伝統的なものの批判を行い、結果、つくりかえるべきはつくりかえることと言う。そういうところに、真の創作があると言う。伝統的なものがつくられてくる根源、とは、既出の、「おのれ自身の内面の徹底なる他者」と同義としていいものである。

ところで、そういうものは、私たちの意識を絶対に超越しているものである。それなら、そういうものは、存在するともしないとも、私たちの意識からすれば、されないということである。とは、そういうものが存在するとは、そういうものが存在すると、そのものが信じるということである。これは個人的主観的な問題である。即ち、個人的主観的な信の問題を外して、絶対に超越的なものの存在を保証することはできない。

森重流には、伝統的なものが媒介になって、その伝統的なものの根源、換言すれば、「おのれ自身の内面の徹底なる他者」の声の聴取がある。ただし、そのことは、結果として言うことであろう。そういう超越的なものが存在するかどうかの瀬戸際のところは、それぞれの人が、それぞれ、その存在を信じるかどうかの問題である。問題は、個人的主観的な決断の問題で、本質的に言って、ある。伝統的なものの存在が一つのきっかけになって、ある人が、ある種の自然さのもと、信をもつという決断をすることは考えられる。だが、本質的には、いかなるきっかけも要らないと言うべきであろう。そのように言わないと、伝統的なものの根源のその絶対性が出ないのである。また、当然、伝統の客観性を正しく問うことができない。

こういうことだと、勝義の文語文の堕落ということも考えられる。勝義の文語文といっても、所詮、言語形式の問題だからである。そこで出るのが、形骸化した、文法を形式とする、文語文たる文章語である。こういうものが出てくるところに、機能的文体規定の限界を見ることができる。森重が、『発句と和歌―句法論の試み―』中、以下のように近代の言文一致体の文章を批判している。

言を文に先立って価値的となし、文を言よりも副次的な位置に追い落し、言の不定義的なことが見せかけるわかりやすさに惹かれて、話すように書くことを標榜するいわゆる言文一致の理想理念は、まったくの倒錯である。[117]

これは、機能的文体規定の観点からする批判だが、無論、正しい。ただし、また、森重は、形骸化した文語文たる文章語が、言文一致運動への動因となることにも言及しているのである。文字言語と音声言語とは、機能的文体規定の観点からするなら質的な差がある。だが、森重は、両者を連続させて考えもする。そういう時の文体規定は、機能的文体規定ならぬ意味的文体規定である。意味的文体規定の立場では、どういう形式の言語を用いるかという問題―機能的文体規定の問題となる問題―は、絶対的なものではない。意味的文体規定においては、話手（書手）は言語表現それ自身に主体的にかかわる。この点が重要である。その際、話手（書手）が真に主体的であるのなら、その聞手は、「おのれ自身の内面の徹底なる他者」となる。これは、厳密に言えば、心身の全体を賭けての信仰の問題となるものである。また、あるべき人間の行為一般の極限を言うものである。

山崎の言う「文」とは、実は、徹底して言えば、この次元で考えなければならないのである。また、山崎流の言葉の分類論は、森重流には、意味的文体規定の問題となるものである。

小林は、評論「戦争について」中、戦争が始まった以上、国民たるものは国家中心の生き方をすべきであると言っている。この考えは、人類の名においても否定されない、と。とは、戦争が始まった以上、人類であることを否定するということである。戦時下、猶、小林は平和のためのものたる文学にいそしむ。しかし、それは、国家から現実に戦争参加の要請がない限りにおいてである。もし、あれば、直ちに応召するのである。いさぎよく文学を捨て、一兵卒となって、喜んで国家のために殉じるのである。

そこには、国家は、何をおいても、根本のところ、肯定すべきという考えが見られる。今、直接、そういう国家観の是非を問題にしようとしているのではない。今、問題にしたいのは、そういうことで正しい意味での言語行為が成立するかということである。言語行為（言語表現）については、先に種々、考察した。それは、時代を超え、社会を超えて意味のある内容を形成する点に本質があるものであった。

だが、小林は、人類にとって無意味なことを、しかも承知で、口にしている。もし、人類的立場を否定するのなら、せめて、小林は沈黙を守っておくべきであったろう。人間の精神性を徹底して問う立場からするなら、そういうことになる。だが、小林は、そういう態度をとらなかった。だから、その発言は、時局便乗主義者の口吻を帯びることになった。

もっとも、小林は、「戦争について」の末尾で以下のことも言っている。

　僕はたゞの人間だ。聖者でもなければ予言者でもない。(118)

これは、自己の精神のレベルを見ての発言である。仏教的に言えば、自己の機根の程度を見ての発言である。小林は、自己を凡人と自覚したのである。そのことが、くだんの国家中心主義的発言には絡んでいる。小林の機根の程度が、今、直接、問題なのではない。問題なのは、小林が、あるべき真の自己とはどういうものかという問いをちゃんと立て、ちゃんと問うているかである。そして、その次元から、自己の機根の程度をはかり、自己自身を冷静に見詰めているかである。もし、そういうことを小林がやったのなら、引用した発言は、自己の機根の低さの自覚として、人を宗教の世界に誘うところの、悲しみの感情と共にあったであろう。このように考えてくると、小林の発言は、むしろ、弱者の居直りめいた口吻を感じさせる。

第一一節　田辺元の国家観批判

小林「戦争について」中、「自国民の団結を顧みない様な国際正義は無意味である[119]」とある。国民が団結し、そして、自国を強力なものにする。そういうことがなかったなら、国際正義の実現もかなえられないというわけである。それなら、また、人類的次元の問題の解決も、自己の属する、それも強力な国家を中心としてこそ果される、という考えを、小林はもっていたとされるであろう。

そういうことで、今、私は、田辺元の「国家的存在の論理」（『哲学研究』第二八三、四、五号。一九三九年一〇月、一一月、一二月）中の以下の文言を想起する。即ち、「一国内の法的規整がもと種的基体の母胎的根源性に由来するものであるに対し、国際間の規整は斯かる基体の閉鎖的統一性に基くことが出来[120]」ない、それどころか、「却てみづから国家の基体的制約を脱する[121]」ことができない、というものである。

「種的基体」の種とは、民族のことで、基体とは、国家の基体のことである。とは、国家は民族を基体として成立する、と田辺は考えているいうことである。また、民族は個人の母胎的根源性をなすものと言われる。個人は民族を母胎として生育するというわけである。また、右の論文を総括していうことだが、民族は個人の生活の基盤という考えも、田辺にはあった。

これらからして、個人に対して、民族は権威・権力を有するものと言える。国内法の背後には、そういう民族が存在する。だから、実効力を有する。

このようなことを田辺は言うわけである。だが、国際間の規整となると事情は異なる。そういう背後の力が望めない。却って、ある一つの強力な国家の利害に左右される。その国家の基体たる民族の利害に。田辺の言うところである。

田辺によれば、国際法は実効力の伴わない一つの理想でしかないものである。もし、そこに有効性を認めようとするなら、国際正義を称え、そして、それを実践するだけの力を有する国家の存在が必要である。とは、自国が強力な国家でなければ人類の理想の実現もかなえられないということである。小林が、「自国民の団結を顧みない様な国際正義は無意味である」と言っているのだが、こういうことで、私は、小林秀雄と田辺元の国家観の近似性を、一つ、思い見るものである。

また、小林は、「偏見なく世界を見渡して、今日国籍を代へたい程羨やましい国家が何処にあるか[122]」とも、言っている。こういう発言の背後には、自己の属する国家を主体としてこそ、その生活の安定、向上がはかられるという考えがある。無論、そういうことなら、戦争について言えば、当然、それは必勝を期さなければならないものとなる。こういったことからも、私は小林と田辺の国家観の近似性を思うものである。

田辺の国家観は、「種の論理」という言葉で象徴される彼一流の哲学と、直接、関係がある。以下、田辺哲学に関する考察を行う。小林の国家観の理解、乃至、批判に大いに役立つであろう。

「国家的存在の論理」中、以下のようにある。

種が直接的生活意思たることを認めるならば、種の対立性に伴ひ争闘の避け難きこと、而して此種的基体を契機とする国家は、単に他の国家の種的要求に屈服することは許されないのであって、その存在即価値たる性格上各自国力の維持伸張を義務として負ふものなる以上は、戦争はあらゆる方法を尽して必勝を期さなければならぬものなること、当然である。個人の場合には自己を他人の為に犠牲にし、更に国家に自己を捧げることが、善として賞讃せられるのであって、自己否定そのものが却て人類に対する貢献たるのである。これその本質が飽くまで否定的媒介的であるからである。然るに国家はその種的基体の契機に於て、直接に個人の生命の根源たるに由り、飽くまで自己の勢力を維持伸張しなければならぬ対他的肯定的側面を有する。これその存在即価値たる所以であって、斯かる国家がその存在を自ら否定して価値を実現するといふことは、個人の場合に於ける如くにはあり得ないのである。個人の自己否定は却て母体たる種的基体の永存の為であり、この国家奉仕を通じて人類の文化に貢献し得るのであるが、一国家が他国家の為に自己を犠牲にし自己の存在を否定することは、同時にそれを母体とする個人の基体の永遠なる喪失を意味するが故に、それは直接間接に人類に貢献する途を杜絶することに他ならないからである。ここに国家と個人との存在の意味の根本的なる相違があり、個人の死闘と異なり国家の戦争の是認せらるべき理由がある。(123)

「種」とは民族のことで、民族とは存在即価値であるものである。そういう民族を基体として国家は成立している。だから、国家は存在即価値である。そう田辺は言うのである。

また、その民族的基体性の故に、民族の都合で、ある場合、国家は戦争をする、しなければならない、と。その際、種、つまり民族は、自己の存続それ自体を第一義的に目的とするもの―換言すれば、直截に自己保存の本能においてあるもの―とされている。だからこそ、戦争の必然性が説かれるのである。以下の発言もある。

地上の有限なる土地資源の先占が、後に興起する民族国家の生存と発展とを困難ならしめる為に、実力の闘争に訴へ戦争によりてその矛盾を解決する外に途の無いことが多いのは、現在までの歴史に顧みて否定することが出来ない。争点を商議に依って解くことが如何に望ましく、又能ふ限り之を努めなければならぬことに、異論を挟む余地がないとしても、それが如何に限られた範囲に於てしか実現せられ能はぬかは、歴史が一見戦争の歴史であるかにさへ見えることによって、明であるといはねばならぬ。[124]

同趣の発言が、田辺『歴史的現実』(岩波書店、一九四〇年) 中にも見られる。

持たざる国が実力により生存権を主張する事は持てる国からは正義に反した事といはれ、現に理性を尊ぶ知識人は容易にその議論に同感をもちやすい―私も亦かかる考方を完全に脱脚しては居ないかも知れません―が、併しそこに考へるべき事は、歴史が或時から計劃的に一定の基準に従って始められ、土地資源が公平に分配されてゐたのなら、それを勝手に変更し、他のもてるものを勝手に要求したり之を奪ったりする事が不都合なのは明白であり、是認出来ない事であります。併し地球上の土地が諸民族によって占有されてゐるのは、初に正義の法則に従って公平に分配された結果ではない。却て偶然に或民族がそれを占有し又実力を以て之を拡大したのが歴史的事実であります。(125)

各国家が占有する土地・資源は、過去に正義の法則に従って世界的次元での公平さにおいて分配された結果ではない。「歴史が或時から計劃的に一定の基準に従って始められ、土地資源が公平に分配されてゐたのなら、それを勝手に変更し、他のもてるものを勝手に要求したり之を奪ったりする事が不都合なのは明白であり、是認出来ない事であ」る。

だが、しかし、事実はそうではない。偶然、それらに初めから恵まれた国家―あるいは国家の基体となった民族―もあれば、実力でそれらの占有を拡大した国家もある。理不尽なこととして、もてる国ともたざる国とが、現実上、あるのである。国家間の争いは極力、商議をもって解決すべきである。それが理想である。しかし、これは文字通り困難なことで、世界史は、一見、戦争の歴史とさえ思えるぐらいである。

このような考えを田辺は展開するわけである。国家が戦争をする―また、しなければならない―理由が語られている。田辺によれば、道理に基づいて世界史が始まったわけでも展開したわけでもなく、現実にもてる国ともたざる国とがあるのは理不尽なことなのである。だから、国家がその成立基体たる、自己の存続を第一義的に目的とした種、つまり民族の窮状に鑑み、戦争をするというのは肯定されることなのである。

田辺は、国家を存在即価値であるものとするわけだが、それは、国家の民族的種的基体性に鑑みてのことである。ただし、他の理由からも国家を存在即価値とする。「国家はその媒介存在として絶対無の応現たる本質上、その存在がすなはち価値たる意味を有するといはなければならぬ[126]」とも言うのである。ここでは、国家が存在即価値であるのは、それが絶対無の応現的存在であるがゆえとされているのである。

即ち、国家は、田辺においては、二つの意味で存在即価値とされるのである。一つは、存在即価値たる民族を基体とするという意味において。他は、絶対無の応現的存在という意味において。

「いはゆる『基督のまねび』が信徒の生活の指針である如き意味に於て、一般個人の存在の意味が国家性の実現にあるといっても、国家の応現存在たることを理解する者にとり、不思議はないであらう[127]」というような発言もある。イエスと国家とが、同じ目線で把握されているとされる発言だが、この点、以下が端的である。「私の国家哲学は恰も基督の位置に国家を置きて、絶対無の基体的現成なる応現的存在たらしめることにより、基督教の弁証法的真理を徹底して、その神話的制限から之を解放する、といふ如き構造を有すると考へられる[128]」。

みずから言っているように、田辺の国家論は啓示宗教との類似性を見せるものである。ただし、「国家はそれの種的基体の契機に於て、一般に民族宗教に於けると同様なる、個人の生命の母胎たる根源性を有[129]」し、その点で、「啓示宗教に於ける基督に存し得ない特色[130]」を見せるとも言っている。相違点もあるわけである。この相違点に関しては、以下のような発言もある。

> 人間の作仏に於て絶対の相対に於ける現成があるとしても、それは単に象徴的なる環境を媒介とするのみで、国家の如くそれに於て個人の死即生の転換の行はれるべき主体即基体の媒介的存在性がない。いはば相対的絶対として絶対的絶対たる無の有化たる応現的存在性を有し個人の自己否定の媒介たるものは、そこには認められないのである。[131]

田辺は、国家成立の契機として種的基体というのを立てるのだが、また、一方、その契機として、別に個的主体というものも立てる。要するに、後者は個人のことである。田辺に従って言うことだが、個人は民族を母胎的根源とする。だが、一方、自由意志ももつ。この点で、自民族を超え、他民族や他民族に属する人々のことも考える。その幸、不幸を案じる。そして、行動に出ようとする。つまり、個人は人類性をその要素としてもつものでもあるのである。だから、その意味で両者の間には矛盾が生じるとされる。で、田辺は、その矛盾の統一の媒介になるものとして、国家というのを考えるのである。絶対無において矛盾は統一されるのだが、国家はその絶対無の応現的存在である、絶対無の媒介的存在である。こういうものがなければ、絶対無との関係を私たちはもちえない。また、絶対無は絶対無たりえない。このような考えを田辺は見せる。

留意すべきは、田辺がその際、国家を啓示的存在とする点である。「絶対無の信仰に立つ場合には、絶対の応現であり啓示であるものは、個人の全個相即的対立的統一の普遍者たる国家より外に考へることは出来ない[132]」などと言っているのである。そういう際、どうして、そもそも、国家が「媒介存在として絶対無の応現たる本質」を有することになるのか、判然としない。ちゃんとした論理的説明があるわけではないのである。田辺自身、実はこのことを意識している。だからこそ、国家は啓示宗教における宗祖のような存在とするのである。こういうことでは、国家の道義性が正せない。

また、田辺は、既述のように国家の成立契機として種的基体というものを立て、その点からも、国家は存在即価値としている。即ち、国家は、種、つまり民族、を基体として成立するものだが、その種は自己の存在それ自体を第一義的に目的としたものである、だから、国家は存在即価値である、とも言っているのである。この点からしても、国家の道義性は正せない。

田辺は、国家に対する個人の自己犠牲を肯定する。それは、一つには、国家が主体になってこそ、個人のいだく人類の理想の実現もかなえられると考えるからである。絶対無の応現的存在としての国家という田辺の考えを、無論、今、思い合わせていい。

また、そういう国家は、田辺によれば、自己の存続を第一義的に目的とした存在たる種、つまり民族、を基体として成立するものである。その点で戦争が起こるとされる。戦争は必勝を期さなければならない。負ければ元も子もなくなる可能性がある。一つの国家が他の国家のために自己を犠牲にすることなど考えられない。無意味なことである。個人は、民族を母胎的根源として生育し、また、民族を生活の基盤とする。その他ならぬ民族の否定に敗戦はつながるものだからである。

こういう田辺に、私は疑問を感じる。「種の論理」について、よく考えてみよう。

「種の論理」とは、田辺哲学の方法論たる絶対媒介の弁証法の論理を象徴的に言ったものである。田辺哲学の代名詞にもなっている。田辺は、自己の弁証法の論理の構成要素として、類・種・個の三者を立てる。いずれも、他の二者を媒介するとされるもので、その意味で、それらの間に軽重の差はないと言える。田辺もそう考えている。だが、また、一方、田辺は、種をことさらに重視するのでもある。それは、種がその弁証法の論理の成立基盤たる絶対無の有的媒介の意味を有するものだからである。田辺の種を現実の社会にあてがって考えると、それは民族のこととされる。ただし、厳密に言うと、民族に対しては、田辺なりの批判があった。戦後、出版された、田辺『種の論理の弁証法』(秋田屋、一九四七年)中、

私は昭和九年から同十五年に至る間、自ら種の論理と呼んだ弁証法の論理の研究に従ひ、之をもって国家

社会の具体的構造を論理的に究明しようと志した。その動機は、当時台頭しつゝあった民族主義を哲学の問題として取上げ、従来私共の支配され来った自由思想を批判すると同時に、単なる民族主義に立脚するいはゆる全体主義を否定して、前者の主体たる個人と、後者の基体とするところの民族とを、交互否定的に媒介し、以て基体即主体、主体即基体なる絶対媒介の立場に、現実と理想との実践的統一としての国家の、理性的根拠を発見しようと考へたことにある。(133)

とあるのである。「種の論理」構築の動機は、当時の日本の狭隘な民族主義に立脚した全体主義を否定し、同時に、また、行き過ぎた自由主義（個人主義）を是正しようとする点にあったと言う。

ただし、田辺は、民族を否定するものではなかった。同様に個人も。要するに、田辺は、矛盾関係にある両者の統一を国家を媒介にして果そうとしたのである。「種の論理」は、そういう意味での国家論でもあったものである。

ところで、田辺の「種の論理」構築には、今、一つ動機があった。これは、純学問的動機というべきもので、今までのは、現実の社会における実践的動機とされるものである。以下、「種の論理の意味を明にす」(『哲学研究』第二五九、六〇、六一号。一九三七年一〇月、一一月、一二月) に着目して、純学問的世界での「種の論理」を取り上げてみよう。

田辺は、論理の本質を媒介とし、全てに媒介がいるとする。弁証法の論理の成立基盤たる絶対無も例外ではない、と。その点、西田哲学は問題と言う。無媒介的直接的に絶対無を措定していると批判するのである。それでは、絶対無は無ならぬ有となる。全て、直接的に措定されるものは有なのである。弁証法の論理の成立基盤たる絶対無にも媒介がいるのである。媒介になるのは絶対無と対立する有である。「絶対無は却て有を自己の媒介とし、之を否定する作用に於てのみ絶対無たるのである」[134]。絶対無は、「自己の否定たる有を否定して自己の無を肯定する」[135]のである。その意味で、絶対無は、「否定に媒介せられたる否定として絶対否定」[136]とされる。その点にこそ、絶対無の真意があるとされる。また、逆に有も媒介を必要とする。それは他ならぬ絶対無自身である。絶対無は単なる無ではない。同時に、それは有の意味をももつものである。「有と無とを繋ぐ媒介はそれ自身無にして有なるもの」[137]なのである。だからこそ、弁証法の論理の成立基盤たりうるのである。とは、絶対無は、自己の媒介となる有をみずから媒介するということである。みずから媒介したものの否定作用において、絶対無は絶対無なのである。

絶対無は自己の媒介たる有を、逆に自ら媒介するのであって、自己の外に自己の媒介を有するのではない。本来絶対無の外に有もあり得ないといふのが、総ての有を無に媒介せられたものとする弁証法の精神に外ならないとすれば、それは当然の事でなければならぬ。絶対無とは其故自己を絶対的に媒介するものを意味する。絶対無とは自己を絶対的に否定的媒介するはたらきを謂ふ。是れ絶対無の真意が絶対否定にあると言った理由である。[138]

ところで、自己が自己を媒介するためには媒介を受けていない自己というのがいる。絶対無の場合、それは直接的有というべきものである。

自己とは自己を媒介するものをいふのであるから、媒介せられざる自己とは、自己にして自己ならざるものの謂でなければならぬ。自己にして自己ならざるものとは、自己から背き自己から離れたものである。自己を見失ひ、自己から疎外せられたるものである。所謂自己疎外せるものが、自己にして自己ならざるものである。これが絶対否定の否定契機として、却て直接の有といはるゝものに外ならない。それは絶対否定に媒介せられたものでありながら、その媒介を忘却遺棄せるものであるから、絶対否定の否定であることが出来るのである。[139]

このように田辺は言い、そして、「絶対媒介の欠くべからざる契機たる自己疎外」[140]をことの他、重視する。そして、その自己疎外（自己否定）の原理ということで―換言すれば、有の原理ということで―、種というものを立てる。そういうことで、みずからの弁証法の論理を、田辺は、端的に「種の論理」と呼称するのである。以下のようにも言う。即ち、「種は啻に社会存在の論理の基体として実践的要求を満たすに止まらず、弁証法の徹底としての絶対媒介の論理に於ける、自己疎外の否定原理として中心的意味を有するものとなる。絶対弁証法は種の論理に外ならない」[141]と。

田辺によれば、種は即自的に一つの統一体としてあるものである。とは、自然な状態においては、種は自己のあるべき位置を見失っているものということである。種は絶対無の自己疎外（自己否定）としてあるものなのである。絶対無の自己疎外の原理たるものなのである。そういう種をあるべき位置にもって行く必要がある。ただし、そのことは、種が即自的統一体であることを否定するものではない。田辺は、種の即自的統一体性を動かさない。このことは、種の論理を理解する上で頗る重要である。種の即自的統一体性を基本的に肯定した上で、その否定を田辺は説くのである。種の否定とは、種の絶対無への還帰を意味するものだが、ただし、このことは、種の即自的統一体性を否定することではなく、それを肯定した上での還帰とされるものである。そういう意味での種の自己否定が、即ち絶対無の現成とされ、このことが、他ならぬ個と類との相即と説かれるのである。

現実的社会的に問題を考えたら以下のようになる。種の肯定を前提にした上での種のある意味での否定を田辺は説くわけだが、そのことは、現実的社会的には、自己の属する民族の本質的肯定を前提にした上でのその一種の否定を意味する。とは、個人が自己の属する民族をまず肯定した上で、それを基体として人類に開かれたものたる国家を建設するということである。建設して、そういう国家を主体として生きるということである。そういうところに個人の絶対無との関わりがある、と田辺流にはなる。田辺流には、これ以外に個人の絶対無との関わりを考えることはできないのである。

私は、こういう田辺の論に疑問を覚える。「種の論理」に疑問をいだくとしてもいい。さらに、小林秀雄の国家観に疑問をいだくとしてもいい。

田辺の『種の論理の弁証法』、「七　実践の宗教性」中、彼流の（論理学上の）判断論が出る。[142] そこでは、個は主語、類は述語とされる。

田辺の論で特徴的なのは、自己流の種を繫辞に該当させる点である。そして、繫辞が媒介になって絶対無が現成し、そのことをもって矛盾的に対立する主語と述語との統一がかなえられるとする。だが、そういうことだと、判断の真偽が正せない。何となれば、絶対無の媒介として働くとされる繫辞自身の根拠が客観性の点で不明確だからである。

矛盾的に対立する主語と述語との統一の場たる絶対無を、私たちは、第一義的に前提にし、そして、その上で繋辞の媒介を問題にするというのが正しい。もっとも、このように言ったら、田辺としては、絶対無の捉え方が無媒介的で非論理的と批判するであろう。しかし、絶対無とは、本質的に無媒介的で非論理的なものなのである。本質的に直観的なものと言ってもいい。本質的に信仰の問題とされるものと言ってもいい。一種、個人的主観的なものとしてもいい。田辺流の論理も、実は、今、言う（勝義の）主観性を前提にして、初めて意味をもつものとされるのである。この辺のことを、以下、もう少し考えてみる。

田辺が、『種の論理の弁証法』、「四　絶対の観想と行信―プロティノス並に西田哲学批判―」中、以下のことを言っている。

仏が信者に行ぜしめる大行といふも、仏が直接にはたらくのではない。斯くては仏が無でなく有になってしまふ。無である以上はそのはたらくにも必ず他を媒介とするものでなければならぬ。すなはち絶対に対する相対であり、無に対する有であるところの相対有を媒介として、始めて絶対無ははたらくのである。それであるから、絶対無は絶対媒介に外ならない。其故念仏に於て信者の救済を行ふ仏は、啻にその信者の行を媒介とするのみでなく、それを催発する行に於て、他の既に救済に与らしめられた信者の行を媒介とするのである。宗教に於て一般に、宗祖が絶対者の代りに礼拝せられる傾向のあるのは、これによる。基督の（神に対する）信仰が、基督に対する信仰に転ぜられた論理は、その最も顕著なるものといふことが出来るであらう。(143)

また、同書、「七　実践の宗教性」中、以下のようにも言っている。

絶対無は絶対媒介であるから、その教にも相対者を媒介とし、その行にもまた相対者を媒介とする。絶対無の真実を教へるために絶対そのものの媒介となりて、これに協働奉仕するのは、宗教的信仰に於ける先進者、わけても宗教の開祖であり、更に絶対の行に媒介となるのは相対者の行為実践である。後者が自己矛盾に陥り、自己放棄の懺悔行に転換せられることに於て、絶対の大行は他力行として行ぜられる。その行を内面的に裏付ける信は、いはゆる『如来より賜はりたる信』として、先進者の教に媒介せられるのである。(144)

絶対無たる仏は、その無的性格ゆえ、直接、働くことができない。働くためには相対有たる媒介者がいる。「すなはち絶対に対する相対であり、無に対する有であるところの相対有を媒介として、始めて絶対無ははたらくのである」。このように言う田辺は、「相対者の行為実践」を重視する。そして、そのものが、「自己矛盾に陥り、自己放棄の懺悔行に転換せられることに於て、絶対の大行は他力行として行ぜられる」と言う。懺悔という言葉が出ることに留意すべきである。あとで詳しく考察するが、懺悔は、田辺の場合、人間が絶対者の救済に与る上で決定的に重要な意味をもつものである。

ところで、今、直接、問題にしたいことは、念仏行を「内面的に裏付ける信は、いはゆる『如来より賜はりたる信』として、先進者の教に媒介せられるのである」とある点である。「先進者」とは、「既に救済に与らしめられた信者」のことで、田辺によれば、そういう先進者の教えが媒介になって、まだ仏の救済に与りえていない後進者が救済に与るのである。では、先進者中の先進者—究極の先進者—たる教祖の場合、事情はどうなるのか。

教祖にとっての先進者というのは存在しないのである。そういう意味では、教祖は他人から教えを受けることなく、直接、救済に与ることができたものとなる。とは、先進者の教えは、人が『如来より賜はりたる信』心をもつ上で、本質的に必要なものではないということではないか。親鸞に学ぼう。『歎異抄』第二条に以下の親鸞の言葉が出る。

弥陀の本願まことにおはしまさば、釈尊の説教、虚言なるべからず。仏説まことにおはしまさば、善導の御釈虚言したまふべからず。善導の御釈まことならば、法然のおほせ、そらごとならんや。法然のおほせまことならば、親鸞がまうすむね、またもてむなしかるべからずさうらふ歟。詮ずるところ、愚身の信心におきてはかくのごとし。このうへは、念仏をとりて信じたてまつらんとも、またすてんとも、面々の御はからひなりと云々。(145)

この前にこんな話がある。

遥々、東国から、信者たちが、親鸞を訪ね、京までやって来た。浄土往生の方法について、疑問に思うところがあったからである。それに対して、親鸞は、念仏以外の方法を知らないと答えた。そして、以下の意味のことを言った。私のような罪悪心に満ちた人間でも、ただ念仏を称えるだけで、阿弥陀仏の慈悲によって、死後、浄土に往生することができる、そう私は、師・法然に教わり、その言葉を信じ、行っているだけなのである、と。

このような話のあと、くだんの言葉が出るのである。

釈迦以来の念仏信仰の伝統があることが、その念仏信仰の正しさを保証している。一見的には、そのようなことを言っているように思われる。だが、本当のところはどうであろう。親鸞は、「弥陀の本願まことにおはしまさば」という仮定のもと、そういう伝統の存在の話をしているのである。それなら、厳密には、弥陀の本願の存在が、何をおいても、真実かどうかが問題ということになるであろう。その「弥陀の本願」とは、私たちにとって、絶対に超越的なものである。それなら、そういうものが真実、存在するとは、そういうものの存在を当人が信じるということに他ならないであろう。

こういう際、宗教的信の対象がどういう性格のものかということが、一つ、問題になると思う。これは、人間の内なる心の問題と思われる。この点、長谷正當《しょうとう》『欲望の哲学―浄土教世界の思索―』(法蔵館、二〇〇三年）が詳しい。

宗教的信の対象は超越的なものであるとして、我々はこれを客観的事物とは異なるものと考えています。しかし、そのように考えていても、我々はそれがどこか自己の外に客観的に存在するかのごとく考えて、これを自己の外に求めます。しかし、そのように自己の外に求められる対象は、宗教的信の対象ではありません。宗教的信の対象が超越的存在であっても、それは自己の外ではなく、自己の内に自己を超えたものでなければなりません。(146)

「宗教的信の対象」の性格についての適切な意見と思われる。長谷は、「宗教的信の対象は超越的なもの」であっても、それは、「自己の内に自己を超えたもの」と言うのである。その際の自己とは、いわゆる自己、つまり意識的自己のことであろう。長谷は、「宗教的信の対象」の説明のため、西田幾多郎の「場所的論理と宗教的世界観」中の以下の言葉を引用しているのでもある。

我々の自己の根柢には、何処までも意識的自己を越えたものがあるのである。これは我々の自己の自覚的事実である。(147)

因に、西田は、同論文中、以下のようにも言っている。

我々の自己の奥底には、何処までも我々の意識的自己を越えたものがあるのである。而もそれは我々の自己に外的なるのではなく、意識的自己と云ふのは、それから成立するのである、そこから考へられるのである。(148)

「宗教的信の対象」とは、本質的に言うなら、「意識的自己」をその内奥の方向に絶対に超越したものとされる。そして、西田・長谷に学んで言うことだが、真の自己とは、そういう絶対の超越者との関係をもって、(意識的)自己の成立根拠とするものとされる。

もっとも、そこには大きな問題がある。そういう絶対の超越者が、私たちの自己にどう内在化されるかという問題である。これは、矛盾と言えば、正に矛盾である。だが、この問題を解かないのなら、信じるという問題は、所詮、人間の現実問題とはならないであろう。この点、私としては、第三章で詳考したい。

さて、再言することになるが、「弥陀の本願」は、私たちにとって絶対に超越的なものである。だから、本質を言えば、そういうものが真実、存在するとは、そういうものが存在すると、私たちが、それぞれ信じることに他ならない。念仏信仰の伝統があると言っても、それが、厳密には、「弥陀の本願」の存在を真実として証拠立てることにはならない。逆に、弥陀の本願の存在が真実でないのなら、念仏信仰の伝統の存在は無意味である。また、無論、念仏信仰それ自体、意味がない。

曽我量深が、『伝承と己証』(丁子屋書房、一九四八年) 中、くだんの「弥陀の本願まことにおはしまさば、釈尊の説教、虚言なるべからず」云々の文句について、

釈尊の出世本懐決定の標準は、唯弥陀の本願を信ずる自己の信念である。この信眼開けたる時、浄土真宗は已に如来正覚の一念に建立せられ了りしを観るのである。而もこの如来の正覚なるものは、我が信念に依りて始めて意義あるが故に、この他力の信念を決定して如来正覚の宣言に親聞する時を以て、真宗開闢の時と決定せねばならぬ。(149)

と言っている。弥陀の本願が真実、存在するかどうかは、それが存在すると、その人が信念をもってするかどうかの問題と言っているのである。そういう信念をもついわれに弥陀の慈悲がかかわっている、としても、である。

もっとも、念仏信仰の伝統の存在が、個人がそういう信念をもつ上で、ある種の感情的な自然さをもたらすのではないか、とは思う。

だが、根本的に大事なことは、「弥陀の本願を信ずる自己の信念」があって、結果、念仏信仰の伝統が真実性

をもつことになるということである。また、無論、念仏信仰が根拠を有することになるということである。

これが田辺流だと、以下のようになる。釈迦は善導の先進者であり、先進者・釈迦の教えを媒介にして、善導は念仏信仰を獲得した。その善導は法然の先進者であり、先進者・善導の教えを媒介にして、法然は念仏信仰を獲得した。その法然は親鸞の先進者であり、先進者・法然の教えを媒介にして、親鸞は念仏信仰を獲得した。

このような際、留意すべきは、釈迦にとっての先進者はいなかったという点である。つまり、釈迦は、先進者の教えの媒介なしに、その意味で直接、念仏信仰を獲得したのである。とは、私たち人間が念仏信仰を獲得する上で、先進者の教えは、絶対に必要なものではないということである。先進者の教えが媒介になって、結果、念仏信仰を獲得するケースがある、とは言える。ただし、先進者の存在を信仰獲得上の必要条件と考えるのなら間違いということである。先進者の教えも、信仰上の伝統も、却って私たち個々人が個々に信仰をもってこそ、その真実性があかされることになるのである。だから、善導・法然・親鸞—彼らもまた、本質を言えば、釈迦のように、それぞれ、直接、念仏信仰を獲得することがあったということである。ただし、再言することにもなるが、私は、先進者の教えや教えの伝統の存在を一方的に否定するものではない。このことも親鸞に学んで言うことである。

親鸞は弟子一人もたずさうらふ。そのゆゑは、わがはからひにて、ひとに念仏をまうさせさうらはゞこそ、弟子にてもさうらはめ。弥陀の御もよほしにあづかて念仏まうしさうらふひとを、わが弟子とまうすこと、きはめたる荒涼のことなり。つくべき縁あればともなひ、はなるべき縁あればはなるゝことのあるをも、師をそむきて、ひとにつれて念仏すれば、往生すべからざるものなりなんどいふこと、不可説なり。如来よりたまはりたる信心を、わがものがほに、とりかへさんとまうすにや。かへすがへすもあるべからざることなり、(150)（『歎異抄』第六条）。

人間が念仏を称えるのは、仏の力に催されてのことである。そして、その際の信心は、「如来よりたまはりたる信心」である。そう親鸞は言うわけだが、ただし、彼は、先進者の教えを一方的に無視しているわけではない。親鸞は、念仏信仰の教えの伝統を媒介にして、信仰上の決断をした、という言い方もできる。だが、先進者の教えとか、教えの伝統というようなものは、どこまでも、弥陀より信心を受け、念仏信仰を獲得する上でのきっかけというべきものである。そして、そのきっかけは、信仰獲得上の必要条件というわけではないのである。

このように見てくると、田辺の先進者の重視には問題があるとなる。田辺によれば、私たちが信仰を獲得するのは、先進者の教えを媒介にしてのことである。先進者の教えが媒介になって、結果、その人は信仰を獲得した、と言えるケースが確かにある。ただし、先進者の教えというのが、私たちが信仰を獲得する上で必要条件であるわけではないのである。

しかし、問題は単純でない。田辺に以下の発言もある。

個人と個人とが教化救済を取交すいはゆる還相の宗教社会的関係は、本来人間の集団生活に成立する国家社会の政治的組織を媒介とすることなしには不可能たるのである。而して宗教に於ける還相は、直接神と個人との救済関係としての往相の後に結果として起るとは限らず、寧ろ却て神が或個人にはたらきかけるのは、その個人に対し同一社会の先進者たる他の既に救済せられた個人を媒介とするのであって、直接に神が一個人にはたらくのではないから、還相は往相の条件であるといはれる。これは畢竟救済が個人の集団として既存する国家社会を媒介とすることに外ならぬ、[151]（『種の論理の弁証法』、「一　弁証法として種の論理」）。

田辺は、直接、神—今の場合、仏と解してもいい—が個人を救済することがあることを認めている。即ち、先進者の媒介なしに、直接、人が神（仏）の救済に与ることがあることを認めているのである。無論、一方、先進者の還相を条件にした往相の存在も認めている。そして、この方に重点を置いている。田辺は、事実上、先進者の還相を後進者の往相の条件とするものである。このことは、田辺が人間の社会を重んじたことを意味する。国家・社会を重んじたと言ってもいい。留意すべきは、国家・社会を田辺が宗教的救済の条件として考える点である。

しかし、私は問題を感じるわけである。既述の通り、先進者のあるなしはその人が救済を受ける上で本質的に関係のないことである。このことは、宗祖のことを考えたら明らかである。また、私たちは、親鸞にならって言うことだが、それぞれ、弥陀より受ける信心をもって念仏を称えるのである。信仰に目覚め、それを獲得する上で、先進者の教えやその伝統が介在することは考えられるが、しかし、そういったものが私たちを救済する主体であるわけではないし、必要条件というわけでもない。

では、どうして、そのように田辺は、国家・社会を重視するのであろうか。換言して、先進者を重視するのであろうかと言ってもいいが、ともかく、田辺は、そういうものを通さずとも、人間と仏（神）との関係が付くことを知っていたとされるのである。しかし、田辺は、一般には、そのことを問題にしない。これは、田辺が自己自身の機根を問題にしたからではないかと思われる。
田辺「死生」(一九四三年六月五日付けの「京都帝国大学新聞」)中、以下のようにある。

賢者は宗教的な信仰に於て直接に神や教祖のために身を捧げるであらうが我々凡夫が身を捧げるのは直接に神の為とは考へられない、国のためである。神は人が国に身を捧げ、国が人のもつ神聖性とか、仏教でいふ仏性とか仏子とか、神の子とかいふ神聖なものを生かすことにより、国が単に特殊な国といふ性質を越えて神を実現してゐるのである。

「種の論理」が、人間の機根に着目して説かれている。そこでは、「種の論理」は凡夫のためのものとされていると言える。「種の論理」的国家観の場合、国家の道義性が根本的に問われない。そのように私は考え、田辺を批判するのだが、こういうことだと、問題は単純でなくなる。田辺が国家を神聖視し、重視する背後には、一つには、彼自身の機根の問題があったのではないかと思われるのである。人間の機根と思想との関係については、田辺『懺悔道としての哲学』(岩波書店、一九四六年)中、詳しい言及がある。

「思想」は果たして実際に人間存在を転換する力を具有するであらうか。此力を具有する「思想」をもつのは、それこそいはゆる智者賢者であって、愚者凡夫ではあり得ないのではないか。まぎれもなく後者たる私は、自己の弱小みじめさを単に「思想」に於て自覚するのみで偉大に転んずることは出来ない。これ私の凡愚の実証であって、私が哲学的存在に対する資格の放棄を敢てしなければならなかった理由である。如何にそれが慚愧すべき事であり、又それを懺悔し告白するのが如何に苦しい事であっても、それは私に於ては逃れる途の無い必然なのである。智者賢者ならぬ私にとっては、「思想」が右の如き転換力を有するといふこと自身が、智者賢者の理念を構成する当為的思想に止まり現実とはならぬ。それは飽くまで自力の当為に属し他力の現成ではない。いはゆる「考へる葦」の光栄は、智者賢者に属するものであって、凡愚私の如き者の与るを得ざる所である。清浄に於て聖者に比せられ、高邁なること賢者智者といはるべき稀世の天才パスカルに於て、「思想」が斯かる光輝を発したのは、当然の事であり、それこそ正に賢智の証左であったのである。此に反し斯かる思想を欠き、不信疑惑を脱すること能はざるが、凡愚の特徴である。こゝにパスカルの「思想」を人間存在の転換の媒介であるとする考と、懺悔を絶対転換の媒介であるとする私の主張との間の、立場の相違がある。[152]

田辺は、神に直接した人間の生き方があることを知っていた。だから、少なくとも単純には、国家の道義性を問うという問題に田辺が無縁だったとはされない。ただし、また、思想を現実的に全うできるものは智者・賢者のたぐいであって、自分のような凡愚には不可能という考えが田辺にはあった。田辺は、自己の機根の低さに眼をおいて話をしている。田辺が国家中心の生き方を説いたところには、彼の機根に関する問題があったのではないかと思われるのである。

換言すれば、「種の論理」とは、愚者・凡夫のための思想と考えられるところが田辺にはあったのではないかということである。で、愚者・凡夫と自己を自覚する田辺は、懺悔を重視する。「懺悔を絶対転換の媒介であるとする」と言っている。この辺のことについて、以下、よく考えてみる。田辺の懺悔に関する理解の程度をはっきりさせたいのである。

第一二節　田辺元の懺悔論批判

田辺は、『哲学入門』（筑摩書房、一九六八年）中、親鸞晩年の「愚禿親鸞悲歎述懐」と題する一連の和讃の中の一首を取り上げ、以下のように批判する（「補説第三　宗教哲学・倫理学」中、「三　他力仏教とキリスト教との異同」）。問題の親鸞の和讃をまず掲げる。

浄土真宗に帰すれども
真実の心はありがたし
虚仮不実のわが身にて
清浄の心もさらになし(153)

意訳しておく。
―真実の教えたる浄土教に私は帰依しているのだが、私には真実の心はあり難い。いつわりの私、不誠実な私なのであって、とても清らかな、けがれのない心など、私にはない。

親鸞は、このように自分自身のことを言い、悲歎述懐しているわけである。そういう自己を懺悔していると言ってもいい。

で、田辺は、この和讃に対して、「真宗の開祖たる親鸞が、『教行信証』の主著に、浄土真宗の基礎を確立してから三十余年を経た八十六の晩年に及んで、なほこの悲歎述懐をしなければならなかったといふことは、他力信仰の裏面又は地床が、直ちに絶望懺悔であり、決して表裏なき一面の自得満足でなかったことを示すといふべきでせう(154)」と言っている。

他力信仰には、自己を懺悔するという問題が常にある、と言われているのである。

ところで、田辺は、国家・社会における（主体的）倫理的行為を重んじた人である。例えば、こんなことを言っている。

社会的生活を民衆と共にし、社会倫理を彼等の協力によって革新するといふ、倫理的ないし政治的実践と自らを媒介することによって、初めて宗教の還相的覚醒行為を具体化することができるのです。いはゆる悲歎述懐といふものも、この倫理的実践に於ける自己の矛盾、行詰り、自悔自責の極に於ける絶望を転機として醸成されるわけです。それですから、悲歎述懐の基底をなす懺悔は、自力の他力に転ぜられる関門に比せられます(155)。

田辺によれば、先の悲歎述懐は、親鸞の「倫理的実践に於ける自己の矛盾、行詰り、自悔自責の極に於ける絶望を転機として醸成され」たものとなる。田辺は、懺悔についてこんなことも言っている。

懺悔といふ概念は、ややもすれば自力倫理の悔恨と同一視せられ、さもなければ他力宗教の立場から、それが絶対により催起せられた受動性であるとして自力悔恨に対立せしめられるのが普通です。しかしこのやうに自力か他力か何れか一方に偏局固定せられたものは、もはや私の考へるやうな転換の関門であることはできません。自力が絶望の極、他力に転ぜられる所が、私のいふ懺悔なのですから、それは自力即他力、他力即自力といふ外はないものです。(156)

田辺は、倫理的実践を重んじる。そして、そこにおける挫折に着目する。人間は、挫折して自悔する、自責の念に駆られる。結果、自力に絶望する。その絶望の極、「他力に転ぜられる所」が、即ち懺悔である。このようなことを言う。そこにおいては、「自力即他力、他力即自力」である、と。それなら、田辺の言う懺悔は、自力を媒介にするものとなるであろう。こういう田辺に、私は疑問を感じる。

以下、中山延二『仏教と西田・田辺哲学』(理想社、一九五六年。百華苑、一九七九年改版)に学びながら、考えてみる。具体的に言えば、同書中、「三　『哲学入門補説』第三に於ける浄土真宗の批判について」に学ぶのである。『哲学入門補説』第三」とは、くだんの田辺『哲学入門』中の「補説第三　宗教哲学・倫理学」のことである。

さて、中山によれば、私たちが仏の救済に与る上で、私たち人間の力は、全く関わらない、関わりえないのである。人間としては、ただ、その救済を信じるのみと言う。こういうのが浄土真宗の考え方と。(157)

右の中山の言う浄土真宗の考え方とは、浄土真宗の宗祖・親鸞の考え方を受け継いだものである。その際の信心は、「如来よりたまはりたる信心」である。

この辺のことは、寺川俊昭『歎異抄の思想的解明』（法蔵館、一九七八年）が詳しい。「弥陀よりたまはりたる信心」という言葉は、もともとは、法然のものである。『歎異抄』第一八条にこうある。

故聖人の御ものがたりに、法然聖人の御とき、御弟子そのかずおはしけるなかに、おなじく御信心のひともすくなくおはしけるにこそ、親鸞御同朋の御なかにして御相論のことさうらひけり。そのゆゑは、善信が信心も聖人の御信心もひとつなりとおほせのさうらひければ、誓観坊念仏坊なんどまうす御同朋達、もてのほかにあらそひたまひて、いかでか聖人の御信心に善信房の信心、ひとつにはあるべきぞとさうらひければ、聖人の御智慧才覚ひろくおはしますに、一つならんとまうさばこそひがことならめ。往生の信心においては、またくことなることなし、たゞひとつなりと御返答ありけれども、なほいかでかその義あらんといふ疑難ありければ、詮ずるところ、聖人の御まへにて自他の是非をさだむべきにて、この子細をまうしあげければ、法然聖人のおほせには、源空が信心も、如来よりたまはりたる信心なり、善信房の信心も、如来よりたまはらせたまひたる信心なり。されば、たゞひとつなり。別の信心にておはしまさんひとは、源空がまゐらんずる浄土へは、よもまゐらせたまひさうらはじとおほせさうらひしかば、当時の一向専修のひとびとのなかにも、親鸞の御信心にひとつならぬ御こともさうらふらんとおぼえさうらふ。[158]

で、寺川は、「この法然の教示がやがて親鸞教学の最も重要な基礎概念である、いわゆる如来廻向の信に進化し定着して行った」[159]と言い、そして、以下の『教行信証』信巻中の言葉を上げている。即ち、「もしは行もしは信、一事として阿弥陀如来の清浄願心の回向成就したまふところにあらざることあることなし」[160]。

また、「衆生に発起する信心が如来の願心そのものの廻向成就である、と語っているのである」[161]とも。先に、私は、曽我『伝承と己証』中の、「釈尊の出世本懐決定の標準は、唯弥陀の本願を信ずる自己の信念である」云々の言葉を引用したが、その「自己の信念」とは、寺川に学んで言うことだが、親鸞においては、根源を言えば、弥陀の本願の廻向とされていたものである。

親鸞の思想の特徴を言えば、信心に関して人間の主体性を本質的に認めない点である。こういうことで、懺悔も親鸞の場合、本質的に弥陀の廻向としてのものとされる。

しかし、田辺は違う。田辺は、倫理的実践上の挫折を問題にする。そこにおける自悔・自責の念を。そして、その結果の自力に対する絶望を。その絶望の極、「他力に転ぜられる所」が、即ち、懺悔である。このようなことを田辺は言うのである。そういうことなら、先述のように、田辺の懺悔には、自力の意味があるとされるのである。これは、中山の言うように、親鸞的でも浄土真宗的でもないものである。

もっとも、中山は、田辺の言葉を一方的に否定するものではない。入信の因ということでは、肯定する。つまり、田辺流の懺悔を入信の一つの契機として認めるのである。その際の懺悔は、無論、自力的なものである。だが、中山は、勝義のものとして、一方、他力懺悔というのを問題にするのである。中山の言葉を直接、出そう。

悔い改めによって入信の可能を説くのはキリスト教の立場であって、しかもキリスト教では、入信以後に於てもこの立場は続く。これは真宗の立場ではない。真宗の立場は悔い改めることすらできないわれわれであることを信心によって知らしめられるのである。したがってそこから信心の徳として、懺悔すらできないほどの自己であることを知るほどの真の懺悔が生れるのである。[162]

「真の懺悔」とある点に留意しよう。それは入信の因についてのものとは違う。それは、信後の懺悔、他力懺悔とされるものである。正しく他力信心を獲得したあと、初めて可能になる懺悔である。これは、入信の構造に関してのものではなく、他力救済の構造に関してのものである。中山は、くだんの和讃に見られる親鸞の懺悔にそういう勝義の懺悔を認めるのである。

田辺の場合、親鸞流の他力懺悔がまるで分かっていない。だから、くだんの和讃に親鸞の自力懺悔を読み取るというような、まるでまとの外れた話になっている。実は、くだんの和讃に読み取るべきは他力懺悔なのである。その際、他力懺悔が、弥陀からの救済と一つになったものであることに留意すべきである。

以下、この辺のことについて、詳しく考えてみる。

くだんの和讃は、「愚禿親鸞悲歎述懐」と題した一六首の和讃[163]中の第一首目のものだが、柏原祐義は、『三帖和讃講義』(平楽寺書店、一九一七年)中、「十六首のうち、初の六首は我が機根の邪悪なることを悲嘆して阿弥陀仏の本願に帰入せねばならぬことを述べられた[164]」ものと言い、特に最初の三首について、「正しく我が機根の邪悪なるを悲みたまふたのである[165]」と言っている。そして、次の三首については、「上の三首には末世凡夫の機相を悲歎したまひ、こゝの三首には、かの機相の帰入すべき弥陀大悲の本願あることを説きたまふのであ[166]」ると。問題の六首のうちの、すでに掲げた冒頭の一首を除いた五首を以下に掲げる。

外儀のすがたはひとごとに
賢善精進現ぜしむ
貪瞋邪偽おほきゆえ

奸詐もゝはし身にみてり
悪性さらにやめがたし
こころは蛇蝎のごとくなり
修善も雑毒なるゆへに
虚仮の行とぞなづけたる

無慚無愧のこの身にて
まことのこゝろはなけれども
弥陀の廻向の御名なれば
功徳は十方にみちたまふ

小慈小悲もなき身にて
有情利益はおもふまじ
如来の願船いまさずは
苦海をいかでかわたるべき

蛇蝎奸詐のこゝろにて

自力修善はかなふまじ
如来の廻向をたのまでは
無慚無愧にてはてぞせん(167)

また、柏原は、最初の三首の説明として、善導の『観経疏』、「散善義　第四巻」中の「三心釈」の文句を引用している。親鸞は、その文句を念頭において、くだんの和讃を作っていると言うのである。柏原が問題にする善導の文句を左に掲げる（ただし、その一部）。三心中の「至誠心」の解釈に関するものである。

経にいわく、「一には至誠心なり」と。至とは真なり、誠とは実なり。一切衆生の身口意業に修するところの解行は必ず真実心中になすべきことを明かさんと欲す。外に賢善精進の相を現わし、内に虚仮を懐くことを得ざれ。貪瞋、邪偽、奸詐百端にして悪性やめがたく、こと蛇蝎に同じきは、三業を起すと雖も名づけて雑毒の善となし、また虚仮の行と名づけ、真実の行と名づけず(168)。

ただし、親鸞の真意となると話は単純でない。以下、親鸞の真意について考えてみる。善導の三心釈は、言うまでもないことだが、『観経』中、出る以下の三心に対するものである。

もし、衆生ありて、かの国に生まれんと願う者、三種の心を発さば、すなわち往生す。なにをか三とす。一つには、至誠心、二には深心、三には、廻向発願心なり。この三心を具うれば、必ずかの国に生まる(169)。

善導の「三心釈」は、右に対するものであるわけである。

ところで、親鸞の『教行信証』(信巻) 中、善導の「三心釈」を踏まえ、以下のように言っている。

経に云はく、「一者、至誠心」。至とは真なり、誠とは実なり。一切衆生の身口意業の所修の解行、必ず真実心の中に作したまひしを須ゐることを明かさむと欲ふ。外に賢善精進の相を現ずることを得ざれ、内に虚仮を懐いて、貪瞋邪偽奸詐百端にして悪性侵め難し、事、蛇蝎に同じ。三業を起こすといへども名づけて雑毒の善とす、また虚仮の行と名づく、真実の業と名づけざるなり。(170)

つまり、親鸞は、善導の説く清浄な真実心を弥陀に属するものと考えたのである。人間には、そういうものは本質的に備わっていない、と。そういうことなら、善導の説く至誠心は、親鸞には、人間の自己中心的な告白懺悔の問題とされたであろう。

この点、小野蓮明は、『顕浄土真実信文類』講讃―証大涅槃の真因―』(真宗大谷派総務所出版部、二〇〇二年) 中、以下のように言っている。

至誠心なきわれら凡夫が、如来の清浄真実心を感得していく、それが至誠心釈の教意である。したがって至誠心には、凡夫にあっては帰するところ二種深信の教説、就中機の深信に摂まるといえる。(171)

では、「二種深信」とは、どういうものか。それは、善導の「三心釈」中の「深心」の解釈中、出るものである。以下のようなものである。

深心というは即ちこれ深く信ずるの心なり。また二種あり。一には決定して深く信ず、自身は現にこれ罪悪生死の凡夫にして、曠劫よりこのかた常に没し、常に流転して出離の縁のあることなしと。二には決定して深く信ず、かの阿弥陀仏の四十八願をもって衆生を摂受し給うは疑いなく、うらおもいなく、かの願力に乗じてさだめて往生を得ると。(172)

常識的な話だが、「二種深信」は、細かくは、二つの深信、即ち、「一には」以下の「機の深信」と、「二には」以下の「法の深信」とに分けられる。「二種深信」について、法然の「消息文」中、こうある。

この釈の心は、はじめにはわが身の程を信じ、のちにはほとけの願を信ずる也。たゞしのちの信を決定せんがために、はじめの信心をばあぐる也。そのゆゑは、もしはじめの信心をあげずして、のちの信心を出したらましかば、もろもろの往生をねがはん人、たとひ本願の名号をばとなふとも、身づから心に貪欲・瞋恚等の煩悩をもおこし、身に十悪・破戒等の罪悪をもつくりたる事あらば、みだりに自ら身をひがめて、返て本願をうたがひ候ひなまし。(173)

こういう法然に対し、寺川は、『歎異抄の思想的解明』中、「法然の意は、『わが身は現にこれ罪悪生死の凡夫』とよく知って、この身の事実をよく凝視し懺悔する中で、本願の摂取を仰いで念仏し、往生を願えという、ある意味で素朴なものではなかったろうか[174]」と評している。善導の場合も、「二種深信」とは、このような意味のものではなかったか[175]、とも。

では、親鸞の場合はどうであったか。親鸞に即せば、「深く信ずるの心」とは、親鸞流の一つの他力信心を意味するものであったろう。その中に、機の深信、法の深信があるのである。寺川は、親鸞においては、「機の深信も、法の深信も、共に廻向成就の信心の自覚内容[176]であ」ったとする。つまり、弥陀の衆生救済の願心が、人間に廻向され、信心として成就したものが、即ち、機法二種深信と親鸞は考えた、というわけである。私も従う。この点、中山が言っていることが思い合わされる。中山は、機法二種深信について、『仏教と西田・田辺哲学』中、「二種というも一信心の両面[177]」と言っているのである。また、以下のようにも。

機の深信というのは、他力の信心のはたらきの即自的一面であって、それはわれわれの自己を罪悪深重の凡夫として自覚せしめる方向である。しかもそれはわれわれの自己を無有出離の機として、地獄一定の機として、それ故に極悪最下の機としてその究極に至るまでに自己を絶対に否定するものである。これを機の深信というのであるが、このことは無媒介的に自己の行う自己の否定ではなく、他力的信心に於て行われる自己の絶対否定であるから、これを機の真実と言い、絶対不二の機という。次に法の深信というのは、他力信心の対自的側面ともいうべきもので、機の深信とは逆に、われわれを救う弥陀の本願の絶対性を深信することで、これは自己の絶対的肯定を意味している。すなわち弥陀の本願を信ずるところに地獄一定、無有出離の自己が同時に即得往生すなわち往生決定の自己として絶対に転換せしめられ、自己の絶対肯定を自覚する、すなわち深信するということになる。それ故に極悪最下の機に対して極悪最上の法といい、絶対不二の法といわれる。そこに法の真実といわれる所以もある(178)。

中山は、一つの（他力）信心の二面として、機法二種深信を捉え、それらをそれぞれ、（一つの信心の）即自面・対自面としているわけである。そして、それぞれについて説明を行っているわけだが、大事なことは、いずれの深信も確固とした他力信心におけるものということである。だから、機の深信とは、自己の（自力では）いかんともし難い罪悪性の告白・懺悔であると言っても、確固とした他力信心を前提にするものであるわけである。また、確固とした他力信心に基づけばこそ、そこまで深く自己の罪悪性が自覚されるのでもある。小野は、前掲書中、機法二種深信について以下のように言っている。

「自身現是罪悪生死凡夫」というわが身の現在の自覚は、「曠劫已来常没常流転」という過去性と「無有出離之縁」という無限の未来性を内実とする、罪業の絶対性の自覚として捉えられている。過去・現在・未来の三時を貫いてわれらの存在が罪悪生死の凡夫であるということは、時を超えて人間存在そのものが本質的に罪悪生死の凡夫である、ということを意味している。機の深信における「自身」の自覚は、同時に一切衆生の罪業の身の自覚である。機の深信とは、一切衆生の存在性を自身において捉えた罪業の身の自覚である。ところでこのような機の深信は、また同時に、このような機を救わんと大悲現動する如来の本願との値遇において開かれるものである。自己の内に自己を超えて、しかも自己を真に成就せんとはたらく如来の大悲本願との決定的な値遇において、機の深信が成り立つのである。「自身は現にこれ罪悪生死の凡夫」という身の信知は、十方衆生を摂取救済することにおいてのみ真に如来たらんとする如来の本願においてある我

への覚醒に成り立つものである。(179)

親鸞の場合、二種深信は表裏一体の関係で把握されている、と小野はする。ただし、正しくは、「『自身は現にこれ罪悪生死の凡夫』という身の信知は、十方衆生を摂取救済することにおいてのみ真に如来たらんとする如来の本願においてある我への覚醒に成り立つものである」と言っていることなどからすると、機の深信の基底として、法の深信があるということであろう。この点、曽我量深が、『歎異抄聴記』（東本願寺出版部、一九八〇年、三訂）中、言っていることが思い合わされる。即ち、

二種深信というが、機の深信に法の深信をおさめる。法の深信がもとで、そこより機の深信を開顕するものであるが、ひとたび法より機を開けば、機中に法あり。(180)

というものである。この曽我の考えに対し、寺川は、前掲書中、「機の深信、つまり本願の機としての自己が罪悪生死の凡夫と信知されたという、そのような透徹した信仰自覚は、実は取りも直さず、法の深信、即ち本願力に乗託する自己への覚醒によって開かれたものである、という了解であろう(181)」と言っている。

さて、これらからして、「愚禿親鸞悲歎述懐」中の「悲歎」とは、機の深信としてのものとされるのである。田辺は、「親鸞にとっては悲歎懺悔の理由は、自己が虚仮不実にして真実の思ひなく清浄の心なき宗教的不信にある(182)」と言っているのだが、それなら、「宗教的不信」は機の深信としてのものというべきである。その場合の機の深信は、無論、法の深信を基底にする。だから、その観点で言うなら、「悲歎」は歓喜でもあるのである。

「悲歎」は、実は、同時に親鸞にとって、歓喜であったことを忘れてはならない。

中山においては、自己の絶対否定と絶対肯定とが、他力信心という一つの信心の両面として、表裏一体の関係で把握されているのである。田辺は、以下のように浄土真宗を批判する。

> 一方的に絶対の相対に対する止揚包摂に偏して、他方絶対みづから自己否定的に相対の不可測的自発性を認め、これをその自由にまかせてかへってそれを活かし、もってそれを絶対自身の否定的媒介に転ずるといふ半面を見逃したのは、交互的媒介の徹底に一貫を欠いて九仞の功を没するものであるといはざるを得ません。[183]

絶対みずからの自己否定とは、仏（阿弥陀仏）の慈悲を意味するのだが、そういう絶対みずからの自己否定ゆえ、相対、つまり人間の自由自発性が可能になるとする。そして、その自由自発的な人間の自己否定が媒介になって、仏は仏になる、と。両者は相互媒介的であり、同時的である、とも。田辺は、他力信心に関して、人間の主体性を認めるものである。倫理的実践上の挫折を味わい、自悔し、自責の念に駆られる。そういうことの結果、自己に絶望する。絶望して、自力が他力に転換させられるところが懺悔である。このようなことを田辺は言っているのである。そこでは、懺悔は、自力即他力、他力即自力としてのものである。具体的には、それは、称名念仏の形をとる。また、そのことを裏打ちするものとして、先進者の教えを媒介にして得られる、「弥陀よりたまはりたる信心」が働く。このようなことを田辺は言うのである。再言することになるが、田辺は、他力信心に関して人間の主体性を認めるものである。『種の論理の弁証法』、「四　絶対の観想と行信―プロティノス並に西田哲学批判―」中、以下のように言っている。

行は阿弥陀仏の願力に催されて行ぜしめられるのではあっても、同時に自ら行ずるのであり、念仏は仏の廻向する所ではあっても、之を採るか採らないかは信者自身の計らひなのである。仏が行ずるのは行者の行ずるを媒介とし、信者の行は仏の行を媒介とするから、弁証法なのであって、それは行ぜしめられて行じ、行じて行ぜしめられるといふべきものであらう(184)。

田辺の言葉を私流に言い直してみる。人間が念仏を称えるのは、仏の願力による。だが、また、同時に人間自身の主体的な力による。仏の廻向があっても、それをとるか否かは人間の自由なのである。もし、そのようなことでなかったなら、念仏を称えることを行と言うことはできない。行とは、人間の自力行為の契機を含むものなのである。念仏を称えることにおいては、仏の廻向とそれに対する人間の自力行為の意味をもつ回心とが相互媒介的関係になっている。(仏の人間に対する廻向というのは、田辺の場合、厳密には、教祖を典型とする先進者の教えを媒介にするとされるものである)。

田辺は、自力と他力との関係を相互媒介的に把握する。両者を相即の関係で把握すると言ってもいい。しかし、問題である。仏の救済に与る上で人間の自力が関与するというのなら、絶対無たる仏の超越性が否定されることになるであろう。仏の救済に与るとは、ただ、そう信じる以外ないのである。ただ、阿弥陀仏の本願の存在を信じる以外ない。これが根本である。無論、その際の信心は、正しく言えば、他力に由来するものである。絶望といっても、田辺の場合、自己自身の力で絶望するのである。中山は、入信の因ということでは自力が介在するが、往生浄土の因ということでは、自力は全く関わらないとする。浄土真宗では入信の因と往生浄土の因とを区別するのだが、田辺はその点が分かっていない、と批判するのである。

中山は以下のようにも言う。

自己が自己の力で自己の罪悪深重を深信するのでもなければ、自己の即得往生を深信するのでもない。深信とは絶対の信心、すなわち絶対他力の信心のことである。これを要するに二種深信とは絶対に救われないものが絶対に救われるという他力信心に於ける絶対転換の絶対媒介を意味するものといってよい。(185)

自己否定といっても、自力で行うものである以上、相対者たる人間の場合、限界がある。田辺の自己否定は、そういう限界を有するものである。絶望といっても、自力によるものである。絶望の極、「他力に転ぜられる」丁度そのところが懺悔と、田辺は言う。「他力に転ぜられる」とは、自己自身の力での悔恨、絶望の極、あるものである。また、「転ぜられる」とは、人間がみずから転じて「転ぜられる」もの、と考えられているとされる。即ち、人間の主体性が介在するものとされているということである。「他力に転ぜられる」とは、要するに、阿弥陀仏の慈悲によって救われるという信仰をもつことを言うのだが、そこに、田辺の場合、人間の自力の介在があるとする。中山に学んで言うことだが、入信に関しては、そういうことが言えるとしても、救われることに関しては、本質的に言って、そうとはされない。私たちが救われることに関して、自力が関わるとはとても考えられないのである。問題は、本質的に人間のはからいを超えているのである。このことが弁えられたら、人間の力が介在して救済がある、式の発想はとても出ない。中山は言う。

真の懺悔というものは、他力信仰に裏付けられて始めていえることでなければならない。真宗に於て懺悔というなら、それは機の深信として考えられるものでなければならない。他力の信仰に於ては、懺悔すらできない自己として、すなわち無慚無愧のこの身として、自己を絶対に否定するものであった。無慚無愧のこの身といわれるところにこそ真の懺悔というべきものがあるといわねばならない。それはむろん単なる懺悔ではなく、他力信心のしからしめるものであり、いわゆる機の深信としてあるものといわねばならない。したがってそこには法の深信というものが表裏一体的に結びついている。[186]

中山は、他力信（仰）心という一つの信心の二面として二種深信を捉える。両者は、表裏一体の関係にあるとされる。そこでは、機の深信は自己の絶対否定であり、法の深信は自己の絶対肯定である。そして、いずれも、他力信心をすでに獲得したもののその信心においてのものである。そこでは、本質的に言って、自力の介在はなく、全ては、阿弥陀仏の慈悲（本願）ゆえのものとされる。

親鸞の悲歎述懐というのは、中山では他力救済の歓喜と表裏一体になったものとされる。そこに見られる絶望・懺悔は他力ゆえのものなのである。また、他力が介在しないのなら、真の懺悔は不可能とされる。

このように見てくると、おのずと田辺の親鸞理解が不十分であったことが知られる。自己の機根の低さを自覚し、懺悔すると言っても、田辺の場合、それは自力的なものでしかなかったのである。自力懺悔ならぬ他力懺悔こそ、親鸞流である。

そういう意味では、田辺は、自己の機根の低さに鑑み、「種の論理」的国家観を構築した、とされる。自己の機根の低さに鑑みるところ、何等かの意味で、自己の業―私は、生まれつきの、と言うべき、闇雲の自己中心的な心の動き・言動という意味で業という言葉を使う—というものに対する悲しみの感情がわくものであろう。人間の精神性からしてそう言える。その意味では、田辺も、自己に関して、業の悲しみをいだいたのである。だが、それは、田辺の場合、正に不徹底であった。懺悔と言っても、親鸞流の他力信（仰）心をいだくまでには達していない。自己の属する国家・社会における人間主体の倫理的実践を田辺は何をおいても重んじる。そして、その倫理的実践上の挫折に着目する。その結果、当体は、自己に絶望し、その極、自力から他力へと転換させられる、とする。その転換のところが、田辺流の懺悔である。そういうことで、「自力即他力、他力即自力」とも言う。そういうところでは、即自的に自己の属する国家・社会は肯定されている。懺悔といっても、その肯定の上での話である。親鸞流の懺悔とは、根本的に相違する。

西田幾多郎に以下の発言がある。

我々の自己が自己自身の底に深く、個物的となればなる程、我々の自己は絶対意志に面するのである。絶対意志が我々に迫って来るのである。そこに我々は無限なる創造的意欲に撞着する。道徳的当為とは、此処から起って来るものでなければならない。故に無上命令としての道徳的当為とは、我々の自己が歴史的世界に於て、唯一の個物として、歴史的世界形成の〔〕要素になると云ふことに他ならない[187]（「国家理由の問題」）。

また、

我々が何処までも創造的世界の創造的要素として、道徳的に働くと云ふことは、国家的に働くと云ふことであり、逆に国家的に働くと云ふことは道徳的に働くと云ふことである、[188]（同前）。

西田は、真の自己の成立根拠を問題にし、それを神の意志との関係で捉えていると言える。「絶対意志」とは、神の意志のこととしていいものである。西田の言うように、真に個性的な自己とは、神の意志をその成立の根拠において反映させている自己のことである。その真に個性的な自己が、私の言う真の自己のこととしていい。その自己は、最高の道徳的当為のもと、あるとされる。その最高の道徳的当為とは、また、原理上、真に国家を道義（道徳）的にあらしめるものである。

ただし、西田は、国家の道徳性（道義性）について、「我々が何処までも創造的世界の創造的要素として、道徳的に働くと云ふことは、国家的に働くと云ふことであり、逆に国家的に働くと云ふことは道徳的に働くと云ふことである」と言っているが、そこでの国家は、純理想的に捉えられた国家である。だから、直接、現実のある特定の国家を念頭において、それを理解してはならない。「国家的に働くと云ふことは道徳的に働くと云ふこと」と言う時の「国家」とは、純理想的に捉えられた国家のことなのである。言えば、西田は、この辺のことに、正しくは留意せず、思考を展開している。

だが、真の自己の観点でこそ、国家の道義性を問いうる、という考えは、ちゃんと提示していると言える。この点、西田の考えの通りと思う。

漱石は、既述のように、国家の道義を個人の道義より数段、低いものと見、国際社会においては、国家はペテン・詐欺などをやるものと言っていた。その意味で、国家に個人に問うような道義を問うても無意味と。漱石は、世界の国家の現状に、つまりはそのまま従い、その非道徳性（非道義性）を肯定しているのである。これは、人間の精神性という観点からして、問題である。田辺元にも、私は、そういう観点からして、問題を感じる。そういうところでは、自己を凝視するという問題などが抜けている。仮に漱石の国家観に論理を与えるとしたら、田辺元の「種の論理」のようなものになるであろう。

田辺元は、「国家の道義性」中、「国家は個人と異なり、個人が国家に身を献げることに於て道義を完くする如くに、自己の存在を献ぐべきものを有しない」と言っていた。「国家は自己の上に何等他の現実存在を有することなき絶対的主体存在」と。だから、「飽くまで自己の存在を自力によって守り、国力を自力によって発展せしめなければならぬ」と。田辺は、要するに国家は、本質的に非道義的存在（非道徳的存在）と言っているのである。

ある意味で、ということであれば、その言は正しいともされよう。だが、私としては、正に問題を感じる。そういうところでは、国家の道義性が正しく問われないのである。このことは、人間の精神性からして、話を曖昧にするものとされる。正しくは、西田のような思考がいるとされるであろう。国家の道義性を問う問題は、つまるところ、宗教的問題である。そこにおいては、宗教的自己が必要である。即ち、言うところの真の自己が。

西田流の勝義の自己を私たちがその心身の全体を賭してもちうる時、私たちは、また、正しく国家の道義性を問いうるであろう。

だが、問題は尽きない。と言うか、本当の問題はこのあとにあると言うべきである。現実の人間は弱い。精神的弱者で、一般にある。一般に凡夫である。と言うことなら、西田のようなことを言っただけでは、問題の解決にはならないであろう。精神的弱者に視点をちゃんとおいた思考が必要なのである。

漱石の個人主義は道義的なものとしても、その道義は、ある特定の国家・社会・民族においてしか通用しないものなのである。漱石における個人は、国民国家に特徴的に見られる個人であると言ってもいい。即ち、自己の成立の根拠が、ほかならぬ自国におかれているものである。その場合の自国とは、本質的に即自態において肯定される国家である。無論、その基体に自己の属する民族がある。漱石流の個人主義では、国家の道義性を正しく問うことができないのである。

では、どういうことであれば、国家の道義性を正しく問うことができるのか。そのためには、精神的強者である必要がある。ただし、私たちは、一般に精神的強者ではない。一般に、私たちは、賢者でも聖人でも予言者でもないのである。

ただし、自己の属する国家の道義性を問うという問題においてであれ、また、死の意味を問うという問題においてであれ、自己を精神的弱者と自覚するのなら、そこに、自己の機根に関する悲しみがわくであろう。その悲しみから、私は眼を逸らすまいと思う。

小林も、その機根を反省し、自己を凡夫と自覚したと言える。小林は、聖者のように信仰に生きることは自分にはできないと考えた。また、予言者のように世の中の行く末を見通すことも、自分にはできないと考えた。戦時下、国家中心の生き方を主張した小林の心底には、そういう自己の機根の低さについての自覚もあったのである。その意味で、小林の発想・行動は、業としてのものであったとされる。そういうことからも、田辺との類似性が指摘されるのである。いずれも、自己の機根の低さに鑑み、国家中心主義に赴いたとされるところがあるのである。もっとも、それなら、せめて、それぞれ、精神として規定されてもいる人間として、そういう自己の機根の低さに対する悲しみの感情を正しくもって欲しかったと思うのである。換言して、それぞれ、自己の業に対する悲しみをちゃんともって欲しかったと言ってもいい。

注

（1）「日中戦争」という呼称は、戦後のもので、当初、この戦争は、「北支事変」と呼ばれた。政府がそう呼称を決めたのは、事件勃発四日後の七月一一日のことでる。その後、戦線の拡大に伴い、同年九月二日、政府は、「支那事変」と呼称を改めた。一九四一年一二月八日、太平洋戦争が始まった。ただし、「太平洋戦争」という呼称も戦後のもので、当時の政府は、開戦四日後の一二月一二日、新たに始まった戦争を、それまで「支那事変」と呼んでいた戦争をも含めて、「大東亜戦争」と呼ぶことに決めた。その段階で、「支那事変」という呼称は消滅したわけである。以上、北博昭『日中開戦』（中公新書、一九九四年）による。一～二九頁参照。

（2）二二〇頁。（3）二二七頁。（4）三二八頁。（5）同前。（6）三二九頁。（7）同前。

（8）筑摩書房版、二二八頁。

（9）同前。（10）二三〇頁。

（11）単に最後の記事ということでは、七月一八日付けの日記となる。

（12）二一六頁。（13）三〇〇頁。

（14）『小林秀雄全集　第七巻』（新潮社、二〇〇一年）所収のものによる。一三一頁参照。

（15）六二頁。（16）六三、四頁。（17）一七一頁参照。

（18）一九三八年五月一九日付けの「東京朝日新聞」（朝刊）。

（19）『改造』一九三九年一月号。二八九頁。

（20）同前。（21）同前。（22）同前。（23）二二九頁。（24）四、五頁。（25）一〇、一一頁。

（26）二八日発行。言葉は、「首相談」中のもの。（27）（増刊）二四四頁。（28）（増刊）二四五頁。（29）五五八頁。

（30）五一九頁。（31）筑摩書房版、七六頁～九四頁。（32）七八頁。（33）二三八頁。（34）三三三頁。

（35）六九頁。ただし、筑摩書房版。

（36）一〇、一一頁参照。（37）一三頁参照。（38）三三四頁。

（39）八七頁。ただし、筑摩書房版。

（40）八八頁。（41）二一五頁。（42）二〇頁。

(43)　二九頁他、参照。　(44)　二二頁。
(45)　翌年、活字化された。書誌的なことは、『漱石全集　第一六巻』(岩波書店、一九九五年)、八二三～八二五頁参照。
(46)　前掲全集、六〇八頁。　(47)　六一二頁。　(48)　六一三頁。　(49)　(本欄)一二頁。
(50)　引用、『新潮日本古典集成　本居宣長集』(日野龍夫校注。新潮社、一九八三年)による。四二一頁。
(51)　引用、『日本歌学大系　第七巻』(風間書房、一九六五年)による。二六〇頁。
(52)　引用、『新訂　小林秀雄全集　第一三巻　本居宣長』(新潮社、一九七九年)による。一二二頁。
(53)　同前、四六一頁参照。
(54)　引用、注(50)参照。一二五頁。
(55)　注(52)参照。四五八～四七八頁。
(56)　同前、四六二頁参照。
(57)　引用、『漱石全集　第一二巻』(岩波書店、一九九四年)による。五三三頁。
(58)　引用、『漱石全集　第二四巻』(岩波書店、一九九七年)による。三六五頁。
(59)　引用、同前。三九五頁。
(60)　『漱石全集　第一六巻』(岩波書店、一九九五年)。六四～一三七頁。
(61)　引用、注(58)に同じ。頁も。
(62)　引用、注(57)参照。五三五頁。
(63)　『漱石全集　第一六巻』(岩波書店、一九九五年)。三二三～三二五頁。
(64)　引用、注(57)に同じ。頁も。
(65)　引用、『うひ山ふみ　鈴屋答問録』(村岡典嗣校訂。岩波文庫、一九三四年)による。八九頁。
(66)　同前。九一頁。　(67)　同前。八九、九〇頁。　(68)　同前。八八頁。
(69)　引用、注(52)に同じ。四七一頁。
(70)　二六五頁参照。　(71)　三三〇頁。　(72)　三二七頁。
(73)　二二〇頁(『改造』一九三七年一一月号)。

(74) 四六頁。 (75) 一六〇頁。 (76) 同前。 (77) 一六一頁。 (78) 一六二頁。 (79) 同前。
(80) 同前。
(81) 引用、『二葉亭四迷全集　第九巻』(岩波書店、一九五三年) による。一四九頁。
(82) 二六三頁。 (83) 二六四頁。 (84) 二七五頁。 (85) 三六頁。
(86) 引用、『文字及び仮名遣の研究』(岩波書店、一九七〇年改版)。二三四、五頁。
(87) 二三五頁。 (88) 二三三、四頁。 (89) 二二八頁。 (90) 二三三頁。 (91) 一九頁。 (92) 同前。
(93) 二〇頁。 (94) 二三頁。 (95) 二七頁。 (96) 同前。 (97) 三一頁。 (98) 同前。 (99) 三二頁。 (100) 同前。 (101) 五三頁。 (102) 五五頁。 (103) 同前。 (104) 同節中、二九～四七頁参照。 (105) 三六頁。 (106) 同前。 (107) 三六、七頁。 (108) 三九頁。 (109) 同前。 (110) 三八頁。 (111) 同前。 (112) 三七、八頁。 (113) 一二頁。 (114) 一三頁。 (115) 三七頁参照。 (116) 二四三頁。 (117) 二四四、五頁。 (118) 二三三頁。 (119) 二三一頁。
(120) 引用、『哲学研究』第二八五号 (一九三九年一二月)。二〇頁。
(121) 同前。
(122) 小林「戦争について」(『改造』一九三七年一一月号)。二三一頁。
(123) 引用、注(120)参照。ただし、二一、二頁。
(124) 引用、注(120)に同じ。頁も。
(125) 一三、四頁。
(126) 引用、注(120)参照。ただし、一九頁。
(127) 引用、注(120)参照。ただし、一九、二〇頁。
(128) 『哲学研究』第二八三号 (一九三九年一〇月)。一九頁。
(129) 引用、同前。二〇頁。
(130) 同前。頁も。
(131) 引用、注(128)参照。ただし、七頁。
(132) 引用、『哲学研究』第二八四号 (一九三九年一一月)。一五頁。

(133)「序文」中の一頁。
(134)引用、『哲学研究』第二五九号（一九三七年一〇月）。五九頁。
(135)引用、同前。頁も。
(136)引用、同前。頁も。
(137)引用、同前。ただし、五七頁。
(138)引用、同前。ただし、六六頁。
(139)引用、同前。ただし、六七頁。
(140)引用、同前。ただし、六九頁。
(141)引用、同前。ただし、七二頁。
(142)一六一～一六三頁参照。
(143)八九頁。　(144)一八一、二頁。
(145)引用、『歎異抄辞典』(柏書房、一九九二年）による。一四頁。
(146)二八二、三頁。
(147)引用、『哲学論文集　第七』(岩波書店、一九四六年）による。一二九、三〇頁。
(148)引用、同前。ただし、一二八、九頁。
(149)四三頁。
(150)引用、注(145)参照。二二頁。
(151)二〇、二一頁。　(152)二三四、五頁。
(153)引用、『日本古典文学大系82　親鸞集 日蓮集』(名畑応順・多屋頼俊・兜木正亨・新間進一校注。岩波書店、一九六四年）による。一〇五頁。
(154)五〇三頁。　(155)五一一頁。　(156)五一三頁。
(157)一七六頁参照。
(158)引用、注(145)参照。六二、三頁。
(159)一七九頁。

(160) 引用、『日本思想史体系11　親鸞』(星野元豊・石田充之・家永三郎校注。岩波書店、一九七一年）による。八四頁。
(161) 一八七頁。　(162)　一七八頁。
(163) 注(153)参照。一〇五～一〇八頁。
(164) 九〇〇頁。　(165)　同前。　(166)　九〇三頁。
(167) 以上、五首の引用については、注(153)参照。一〇六頁。
(168) 引用は、『和訳善導大師観経四帖疏』(村瀬秀雄訳。常念寺、一九七七年）による。四四六頁。
(169) 引用、『浄土三部経（下）』(中村元・早島鏡正・紀野一義訳注。岩波文庫、一九九〇年、改訂）による。六八、九頁。
(170) 注(160)参照。七六頁。
(171) 七六頁。
(172) 引用、注(168)参照。四四八頁。
(173) 引用は、『日本思想史体系10　法然　一遍』(大橋俊雄校注。岩波書店、一九七一年）による。二一三頁。
(174) 二一〇頁。　(175)　二〇九頁参照。
(176) 二一一頁。　(177)　一八八頁。　(178)　一八八、九頁。　(179)　七七頁。　(180)　二九頁。
(181) 寺川前掲書。二〇八頁。
(182) 田辺前掲書。五一一頁。
(183) 同前。五〇八頁。　(184)　八八頁。
(185) 中山前掲書。一九〇頁。
(186) 同前。二一七、八頁。
(187) 引用、『哲学論文集　第四』(岩波書店、一九四一年)。四二七頁。
(188) 引用、同前。ただし、四二八頁。

第二章　小林秀雄の自由観

第一節　『葉隠』的自由

「文学と自分─文芸銃後運動講演─」（『中央公論』一九四〇年一一月号）中、小林秀雄は、「歴史の流れをそのまゝ受け納れる」[1]ことを説いている。小林によれば、歴史の流れとは、歴史の必然の流れのことであり、さらに言えば、歴史の必然の流れとしての現実のことである。そういう現実を小林は虚心に受け入れることを説いているのである。このことは、要するに、現に（自己の属する）国家が戦争を行っている以上、そのことを虚心に受け入れるということである。小林によれば、現に国家が戦争を行っている時、「果して日本は正義の戦をしてゐるかといふ様な考へを抱く者は歴史について何事も知らぬ」[2]ものであり、「歴史を審判する歴史から離れた正義とは一体何」[3]かということになるものである。これは、現に国家が戦争を行っている時、その現実から眼を逸らすべきではない、という意味では、正に正しい。自国が戦争を行っているという現実を直視し、それから眼を逸らさず、行動せよ、という意味では、正によく分かる言葉である。

ただし、具体的に言えば、小林は、問題に対し、二つの立場をとって答えるのである。一つは、国民的立場、他は、個人的立場である。このことに留意しなければならない。国民的立場からは、喜んで戦争のために協力すると、小林は言う。そういう小林と彼の国家観との問題点については、前章で追究した。ただし、小林には、個人的立場から、直面する現実にあたるという面もあったのである。このことは、小林の自由観を問題にする上で深い意味をもつものとされる。自由について、こう小林は言っている。

歴史の流れとは必然の流れであらう。それなら人間の自由は何処にあるのか。(4)

ただし、このみずからの問いに対して、小林はちゃんと答えていない。代りに歴史上の人物二人の生きざま、死にざまの話をしている。彼らの生死のさまにこそ、人間の自由が見られるというわけである。一人は大野道賢、他は吉田松陰である。大野道賢についてこう言っている。

昔、大野道賢入道といふ武士があった。これは大坂之陣で有名な大野修理の弟であります。冬之陣の和談の際、家康が大坂城の総堀を埋めたのを見て、家康全く和談の心底にあらず、と非常に憤って、堺の町に放火した。家康はこれを聞いて道賢を憎み、夏之陣が始まると、道賢生捕りが第一番の功名とふれ、入道はとうとう生捕りになって了った。家康の前に引出され、生捕りになって恥を曝すとはたわけた奴と罵られたが、生捕は古今の勇士にもある習ひ、少しも恥ではない、それよりも貴公の様なものに威張られてゐては天下心元なし、大たわけなり、と言って平然としてゐた。堺の町人が、さういふ放火犯人は、焼跡で火あぶりにしたいから、私共にお下げ願ひたいといふ事になり、火あぶりになりました。これも成るたけ憂目を見せる方がよからうと遠あぶりと言って、遠くの方からあぶる事にして、七転八倒の苦しみを見物するこしらへにしたのですが、入道は柱に縛りつけられたまゝ少しも動かない、じっと動かないまゝで真ッ黒こげになって了った。火あぶりでは縄が焼けて切れない様に、縄に泥を塗って置くのであります。甚だ物足らぬていで検視のものが、真っ黒こげの入道に近付いた処が、死んだと思った入道が、ムクムクと動きだし、検視の脇差を抜いて検視の腹をグサリと貫いた。その途端に真っ黒な入道の身体は忽ち灰になったさうです。(5)

小林が問題にしている大野道賢の逸話は、山本常朝『葉隠』(6)(「聞書第一〇」)に出る。道賢については、『大日本史料』(東京大学史料編纂所)から史実が知れる。以下、簡単にふれる。『大日本史料第一二編之一八』(一九七三年覆刻)によると、道賢が堺の町を焼き討ちにしたのは、慶長二〇(一六一五)年、四月二八日(旧暦)のことで、家康が堺の町に伏兵を忍ばせておくと見たのである。同年五月八日、大坂城は落城した。『大日本史料　第一二編二一』(一九七三年覆刻)によると、道賢は、その後、京に潜伏したが、同月二一日、捕らえられ、六月二七日、堺で火刑に処せられた。

さて、道賢は、「聞書第七」によれば、「大勇猛の者の一念(7)」に生きた人で、小林流の自由というのは、そういうたぐいの生と思われる。「聞書第二」に、「武士たる者は、武勇に大高慢をなし、死狂ひの覚悟が肝要なり(8)」とあるが、正にそういう武士たるものの例と道賢はなる。また、「死狂ひの覚悟」というような覚悟が、小林流の自由にはいる。

小林は、「歴史と文学」(『改造』一九四一年三、四月号)中、「僕等の望む自由や偶然が、打ち砕かれる処に、そこの処だけに、僕等は歴史の必然を経験するのである(9)」と言っている。歴史の必然(の流れとしての現実)を虚心に受け止めることを小林は説くのだが、また、一方、同時に、彼はそれに対する強烈な抵抗も説くのである。そして、その結果の敗北に着目する。そういうところでこそ、歴史の必然が経験されるという。歴史の必然とは、小林の場合、実感されるもの、感情的なものであることを知ろう。観念的なものではないのである。

戦後のことだが、「コメディ・リテレール　小林秀雄を囲んで」(『近代文学』一九四六年二月号）と題する座談会[10]の記事中、本多秋五の以下の質問が見える。

小林さんは戦争に対しては原始的な自由の信念といふものを適用なさった。適用し得る範囲外の所にまで適用なさったのではないですか。或は必然といふものをあまり早く諦めてしまって、そのまゝ肯定されすぎたと云ふやうなことはないですか。[11]

これに対する小林の答えは以下の通りである。

必然性といふものは図式ではない。僕の身に否応なくふりかかってくる、そのものです。僕はいつもそれを受入れる。どうにもならんものとして受入れる。受入れたその中で、どう処すべきか工夫する、その工夫が自由です。[12]

小林の自由観を彼みずから端的に表明したものと言える。

小林は、歴史の必然を正にどうしようもないものとして虚心に受け入れることを説いている。このことは、自己が直面し、直面せざるをえない現実から決して眼を逸らさないことを意味する。歴史の必然的現実のただ中に我とわが身とをおくことを、自由の絶対条件とするのである。そして、その上で、人間個人の自由意志のもと、その現実に対する徹底した抵抗を説くのである。そういうところに、小林流の自由がある。その徹底した抵抗を行ったものの例として、大野道賢が出されるわけである。「大勇猛の者の一念」を山本常朝は、道賢の生きざま、死にざまのうちに見てとったのだが、そういうものから眼を逸らして、小林流の自由を理解することはできない。

自由の問題を扱う上で、小林は、道賢の逸話、吉田松陰の辞世、これらを出すわけだが、こういったことに対し、平野謙は、「自由と必然　小林秀雄著『歴史と文学』(創元社刊)」(『文学界』一九四二年一月号) と題する書評中、以下のように言っている。

人はどのやうな信念であれ、ひとつの信念にいのちを賭けることが出来る。それが人間の自由といふものだ。小林氏は「人間の真の自由」の実例として大野道賢の話をひき、吉田松陰の歌を紹介してゐるが、いはばそのやうな絶対絶命の自由の例証のうちに、ほとんど狡猾と言ってもいいほど精妙な自由概念の規定がうかがへるのである。(13)

平野は、また、「しかし、そのやうな自由が打ちくだかれるところに、そこにだけ、歴史の必然は現はれる」(14)とも言っている。無論、小林の言葉に則った発言である。小林流の自由は、必然と相即したものであった。で、平野は、田辺元の『歴史的現実』(岩波書店、一九四〇年) にもそういう自由観が見られるとする。ただし、自由即必然ということであっても、ウェイトのおき方が違う、とも。小林は、自由の方にウェイトをおき、田辺は、必然の方にウェイトをおくと言うのである。以下、田辺の『歴史的現実』中、出るその自由観に視点をあて、考察してみたい。

　歴史的現実は過去のもつ必然性の結果として動かすことの出来ない、どうにもならないものであり、而もそれが我々の未来に於て自由に自己を決断する可能性の媒介であると云ふのであります。我々はこのどうにもならないといふ所を手離してはならぬ。それを忘れず捨てず、自己と現実とが隔てのないものとなるとき、このどうにもならない必然が却てどうにでもなるのであり、その中に自由の天地が開けて来るのである。所でこの隔たり、よそよそしさのなくなると云ふのは、ただ諦めて身を任せる事と思はれるかもしれないが、私のいひたいのはその正反対である。却て現実が私なのであるから、それは懐手をして成り行きに任せるのとは正反対の絶対行為である。必然即自由である。[15]

「歴史的現実」とは、歴史の必然の流れとしての現実のことである。それは、過去の因果の鎖で雁字搦めになっているものである。ただし、現実というのは、こういったことだけでは説明がつかない。「現実は過去からいへば動けないもの、而も未来的には動ける筈のものである、未来に対する自由を含むものである」[16]という田辺の発言もある。「未来に対する自由を含むものである」とは、現在という時の構造を考慮しないと理解できないことである。以下、田辺の言っていることの要点を述べる。

　現在という時は、刻々とつくられ、刻々と滅んで行っている。その現在という時の根源は、深淵である。そういう現在という時において、過去・未来の二時はあるのである。現実とは、現在（という時）における事実のことだが、その現実は、過去の事実から絶対に決定を受けていると言えば、確かに受けている。現実は、その意味では歴史的現実とされる。だが、一方、現実は、現在という時の根源からするなら、超えられているとも言える。その点に自由の原理がある。

続けて、田辺の思想の要点を述べる。田辺は、自民族を重視し、それに対して自己を否定することを説く。いや、これは厳密な話ではない。厳密には、田辺は、自己の属する民族を基体として成立する国家に対して、自己否定を説くものと言うべきである。そこでは、国家即自己であり、歴史的現実とは国家的現実のことである。田辺の場合、個人の自由は本質的に問題にならない。問題なのは必然の方である。歴史的現実の方である。個人は、国家に対して自己を否定し、国家と一つになる。そして、国家中心的に国家的現実にあたると言う。そういうあり方での生を田辺は説くのである。ただし、現在という時は、その根源の点で深淵である。その意味で、現実は自由の可能性を含むと言える。田辺は、そういう自由を持ち出し、必然即自由と言うのである。

田辺の場合、個人の自由が、それとして直接、問題になっているわけではない。小林も、戦争という国家的現実を歴史的現実として捉える。そして、それに対して虚心に身を任せることを説く。具体的に言えば、そのことは、召集令状が来たら兵士になり、国民の一人として喜んで国家に殉じることを意味するものである。問題はこのあとである。小林の話は国民としてのものであることに留意すべきである。つまり、国家が戦争を行っているという歴史的現実に対して、自己否定を小林も説くのだが、しかし、それは国民的立場からの話なのである。個人としては、小林は別のことを考える。その点に、小林流の自由もある。個人の立場からは、小林は、歴史的現実に抵抗するものと言える。狂おしくも、である。そのようなものの例として、小林は、大野道賢と吉田松陰を上げるのである。

また、小林は、「歴史と文学」中、「僕等が抵抗するから、歴史の必然は現はれる、僕等は抵抗を決して止めない、だから歴史は必然たる事を止めない(17)」と言っている。こういう発言からして、小林流の自由は、人間の、合理的でない、つまりは狂気の心性に基づくものと考えられる。そういう意味での個人の自由を小林は重視するのである。田辺の場合、そういう狂気に関する理解が足りない。狂おしくも、精神の自由に生きんとする人間の悲劇性に、田辺は疎いと言ってもいい。無論、個人の自由に関する問題意識が、小林に比べ、希薄ともされる。

ところで、小林流の自由は、人間の悲劇的精神を思わせるものである。

戦後のものだが、小林は、「悲劇について」(『演劇』第一巻第一号。一九五一年六月) 中、以下のように言っている。

悲劇を見る人は、どうにもならぬ成行きといふものを合点してゐる。あの男が、もっと利巧に行動したら、或はあの時別な事件が起ったら、かうはならなかったであらう、そんな事は考へない。すべては定った成行きであったと感ずるのであるが、この時私達は、ある男の、あゝなるより他はない運命に共感するのであって、決して事物の必然性といふものに動かされてゐるのではない。成る程外的な事物の必然性が、人間の内的な意志とか自由とかを挫折させなければ悲劇は起らないのであるが、悲劇の看者の感動は、この人間の挫折や失敗に共感するところに起る。これはこの挫折や失敗が必然であると感ずる事に他ならないが、この必然性の感覚なり感情は、理性の理解する因果必然性とは性質が全く違ふのである。悲劇を見る人は、事件の外的必然性の前では人間の意志や自由は無意味になるといふ考へを抱く事は決して出来ない。寧ろ全く逆の感情を味ふのである。人間の挫折の方に外的必然が順応してゐるといふ感情を、どうしようもなく抱かされるのである。不孝も死も、まさにさうでなければならぬものとして進んで望まれたものだ、といふ感情を抱く。[18]

小林の場合、自由もまた、正に感情的なものである。小林の場合、必然とは必然の感情のことであり、自由とは自由の感情のことである。

合理的に考へれば、人生の事はすべて必然的に生起する。合理的な思惟の下では、自由の問題そのものが不可能になります。[19]

とも言っている。小林は、観念的合理的に問題にあたるのではない。この点に重々、留意すべきである。小林は、歴史の必然に対して虚心に身を任せることを説いた。その際、それは観念的なものではなかった。我とわが身とにどうしようもなくふりかかってくる、正に力あるものであった。実感を伴ったものであった。戦争という現実が、そういうたぐいのものとして小林に把握された。

小林流の自由の精神は悲劇的精神に通じる。敗北は、最初から予定されていると言えば、予定されているのである。だが、人間の精神の自由の観点から、狂おしくも抵抗するのである。そこでは、敗北の可能性が大であるというような予想は問題でない。そして、小林は、そういうことで敗北した人に共鳴する。その生き方に感動する。小林流の自由は、丁度、その点にある。自由とは、小林の場合、感情的なものなのである。「文学と自分

―文芸銃後運動講演―」によると、小林の大野道賢の話を聞いて、聴衆は笑ったそうである。ありそうもない話というわけである。それに対して、小林は、

諸君はお笑ひになりますが、僕は、これは本当の話だと思ってゐます。真に自由な人生とは、有りさうな話でも有りさうもない話でもないのだ。(20)

と応じている。真に自由な人生とは、本当の話ということであろう。では、本当の話とは、どういうものか。「文学と自分―文芸銃後運動講演―」中、こうある。

自然も人生も眼に見え耳に聞える、まさにその通りの姿以外のものではない。あるが儘の姿こそ自然の真髄であり人生の真髄である。あるが儘の形の裏に眼に見えぬ真を考へる要もないし、又、あるが儘の形を構成してゐる様々な要素の方が一層真実であるといふ様な主張も余計なお世話である。徳川家康が、かう人に教へたさうです、「真らしき嘘はつくとも、嘘らしき真を語るべからず」(21)かういふ言葉を、単なる処世訓と解したら、詰らぬ言葉に過ぎませんが、僕は、この炯眼なリアリストの言葉には、もっと深い人生の洞察が含れてゐる様に思ひます。人生には嘘とか真とかと考へられたものがあるわけではない、そんなものは全然ない、嘘らしい言ひ方と真らしい言ひ方とがあるだけである。嘘らしく現れる真とは即ち嘘であり、真らしく表現された嘘とは即ち真である。さういふ意味だ、と僕は考へます。(22)

人生とか自然における真実は、観念的論理的に考えて得られるものではない。私たちが感じるままのものである。

このようなことを小林は言っているのである。それなら、その人生についての話が本当の話かどうかは、その話に人が心を動かされるかどうか、感動するかどうかで決まるということになるであろう。史実かどうかというようなことは、そういう意味では、少なくとも第一義的には問題にならない。

小林は、大野道賢の話に感動した。それなら、その話は本当の話と、小林流にはなる。大野道賢の話は、小林にとって自由な人生についての本当の話だったのである。

ところで、『葉隠』、「聞書第一」中、以下のくだりがある。有名なくだりである。

武士道といふは、死ぬ事と見付けたり。二つ二つの場にて、早く死ぬかたに片付くばかりなり。別に仔細なし。胸すわって進むなり。図に当らぬは犬死などといふ事は、上方風の打ち上りたる武道なるべし。二つ二つの場にて、図に当るやうにわかることは、及ばざることなり。我人、生きる方がすきなり。多分すきの方に理が付くべし。若し図にはづれて生きたらば、腰抜けなり。この境危ふきなり。図にはづれて死にたらば、犬死気違なり。恥にはならず。これが武道に丈夫なり。毎朝毎夕、改めては死に死に、常住死身になりて居る時は、武道に自由を得、一生越度なく、家職を仕果すべきなり。(23)

「武士道といふは、死ぬ事と見付けたり」とあるが、誤解し易い言葉である。あとを読めば分かるが、死ぬことが、直接、武士道の目的というわけではない。「二つ二つの場にて」とは、ことをなすにあたって、命を全うする可能性が大きい方の行動をとるか、それとも命を失う可能性が大きい方の行動をとるか―この二つのうち、どちらか一つを選ばざるをえない切羽詰まったその時その時の場面において、というような意味のものである。簡単に言えば、生きるか死ぬかの瀬戸際において、というような意味のものである。そういう時、迷わず死ぬ可能性が大きい方の行動をとれ、と常朝は言うのである。そして、一心に突き進め、と。それで、図に外れて、言うところの犬死をしても武士道に反するわけではない。逆に、命を全うする可能性が大きい方の行動をとり、結果、図に外れ、そして、生き残るということになれば、武士道に反する。このように、常朝は言うのである。

私たちは、一般に命を惜しむ。本能として肉体的生命に固執する。換言すれば、私たちは、生きる上で、肉体的生命からの束縛を闇雲に強烈に受けるものである。常朝は、日頃の鍛練による、そういう束縛からの超脱を説く。その超脱した境地を外して武士道はないとする。大事なことは、日々時々、死の覚悟を繰り返すことである。そして、常時、死身になって暮らすことである。そのことが、武士道を全うする道であり、ひいては、落度なく、一生、家職を続けることになる道である。このようなことも常朝は言うわけである。

とは、武士道の要諦は、肉体的生命からの束縛を超脱し、精神的に生きる点にあるということになるであろう。大野道賢は、正にそのような武士道に生きたものの例と、常朝にされたわけである。また、そういう道賢に、小林は感動したわけである。今、言う武士道的精神を抜きにして、小林流の自由を理解することはできない。

また、小林は、吉田松陰の以下の歌を上げ、人間の真の自由を詠んだ歌と言っている。

呼だしの声まつ外に今の世に待つべき事の無かりけるかな(24)

松陰は、安政六（一八五九）年一〇月二七日（旧暦）、いわゆる安政の大獄で刑死した。右の歌は、その前日の夕刻、書き上げた遺書・『留魂録』中、出るものである。

この歌には静謐さがある。自己の処刑を眼前にしたものの歌である。諦観があると言ってもいい。もはや、松陰は自己の肉体的生死から自由になっている。小林は、「人間の真の自由といふものを歌[25]」った歌と評しているが、その自由とは、自己の肉体的生命に対する本能的な執着を克服し、純粋に精神的存在と化したもののそのありようを言うのである。

実は、松陰も道賢のように狂おしく生きた人であった。強烈な意志のもと、その肉体的生命をも賭けて、一つの思想に殉じた人とされる。以下の歌がある。

かくすればかくなるものとしりながらやむにやまれぬやまとだましひ[26]

安政元（一八五四）年一月一四日（旧暦）、米全権使節・ペリーが、七隻の「黒船」を率い、前年に引き続き相模湾に現れ、幕府に開国を迫った。同年三月三日、日米和親条約が締結調印された。「黒船」を頼って、三月二七日、松陰は当時、国禁だった海外渡航を企てた。国禁を犯してまでも松陰が海外渡航を企てたのは、欧米他、世界の各地を巡って見聞を広め、それを日本のために役立てようとしたからである。だが、失敗してみずから罰についた。松陰は、下田から江戸に囚人用の籠に乗せられ護送されたが、その途中、高輪の赤穂四十七士の墓所・泉岳寺前を通った。右の一首は、その折、作ったものという[27]。

この歌は、兄・杉梅太郎宛の書簡―同年四月二四日付け―中、出る。この歌のあと、こうある。「蓋し武士の道

は此に在り、願はくは私愛の為めに大義に惑はるることなくんば幸甚なり」[28]。また、同書簡中、

赤穂の諸士は主の為めに仇を報じ、甘んじて都城弄兵の典《おきて》を犯し、矩方《のりかた》は国の為めに力を效《いた》し、甘んじて海外に蘭出するの典を犯す。而して一は成り一は敗る、智愚隔絶すと雖も其の意何を以てか異らんや[29]。

と見える。松陰も、道賢のように、狂おしくも、みずからの命をも顧みず、結果も考慮せず、強烈な意志を発揮して自分のいだく思想のために生きた人である。それに殉じた人である。そういう生き方こそ、小林流の自由な生なのである。「呼だしの」云々の歌は、小林が言っているように、その自由な生を詠んだ歌と言えるものである。

小林流の自由とは、人間の本能としての肉体的生命欲を強烈な意志を起こし、みずから断ち切ることを関門とするものである。その結果、精神の自在性が獲得される。そして、その精神の自在性を指して、人間の真の自由と小林は言うのである。

ただし、私は、以上において見られる小林流の自由に、ある点で疑問を覚えるものである。私たちは、本能的に肉体的生命に強烈に固執する。その本能的肉体的生命欲から自由になり、精神の自在性が得られるところに、精神の自由がある。一応、そう言える。だが、それだけでは、十全でない。精神の自由に生きるものが、自己の根拠をどう設定しているかという問題がある。この問題を問わないのなら、真の自由の問題は、厳密なものにならない。

自由とは、みずからによるということであろう。みずからによる生き方、よった生き方を言うのであろう。換

言して、自由とは、自己による生き方、よった生き方を言うとしてもいいであろう。で、問題なのは、そういう時の自己の構造である。果して、その人の自己は、そういう時、どういう根拠のもと、自己としてあるのか。その人の、自己の自己たるそのアイデンティティーの根拠はどうなっているのか。こういったことが、真の自由と言う時、厳密には、問われなければならないのである。この点がはっきりしないのなら、自己のいだく信念に命懸けで生きると言ったところで、自由は、所詮、エゴイズムの範疇を出ないであろう。道賢も松陰も、そういうことではちゃんとしていないように、私には思われる。小林も、である。

以下、小林の評論「カラマアゾフの兄弟」に即して話をすすめる。ここには、あるべき自己の根拠に関する問題が出ているように思われる。

第二節　小林「カラマアゾフの兄弟」

小林秀雄は、「文学と自分―文芸銃後運動講演―」中、自由に関する話をしているが、小林流の自由は、精神の自由と呼ぶべきものである。それは、当体が、人間の本能としての肉体的生命欲を断ち切ることを関門とするものである。そこでは、結果、精神の自在性が得られる。だが、そういうだけでは、なお厳密には、人間の真の自由が出ているとはされない。精神の自由に生きる当体のその自己がどういうものであるかも問題にしなければならないのである。その自己がどういう根拠のもと、自己であるかも問題にしなければならない。こういったことについて小林がどう考えたかは、「文学と自分―文芸銃後運動講演―」、また、「歴史と文学」等からは分からない。これらについては、小林の評論「カラマアゾフの兄弟」（一九四一年、二年）等が教えてくれる。

ドストエフスキーの『カラマーゾフの兄弟』、第二巻第五篇中の「第五　大審問官」(30)は、人間の自由を論じたものとして有名である。

「大審問官」とは、作中人物のイヴン作の劇詩で、その劇詩を、彼が弟・アリョーシャに語って聞かせるという趣向になっている。舞台背景は、異端審問時代の十六世紀のスペインのセヴィリヤ。そこにイエスの再臨があったという。そのイエスを大審問官が捕らえ、牢に入れる。夜、一人で大審問官は牢中に現れ、イエスを尋問する。イエスは何をおいても精神の自由を尊んだ。だが、正にそのことを大審問官は糾弾するのである。精神の自由に生きるとは、肉体的生命を犠牲にすることをも厭わないものである。だが、自然な人間性からして、それは一般にかなわぬことである。人間は、いざとなると、一般に、間違いなく、精神的生より肉体的生の方を選ぶものである。だから、一般に、パンと精神の自由とは両立しないと言える。

森有正が、「ドストエーフスキーにおける『自由』の一考察―『大審問官』の場合」（『文芸読本　ドストエーフスキイ』、河出書房新社、一九七六年）中、大審問官や近代のヒューマニズムにおける自由を指して、人間の自然な本性に従った自由と言い、「（人間の―引用者注）本性からの自由ではな(31)」い、と言っている。

大審問官は、概略、以下のような批判をイエスに呈する。お前は、『新約聖書』、「福音書」―「マタイによる福音書」他―によると、『旧約聖書』、「申命記」中の言葉を引き、「『人はパンのみにて生くるものに非ず(32)』」と言った。大事なのは、神の言葉によって生きることというわけだ。そういうことで、人間の真実の生き方をお前は示したわけだ。人間の真実の自由な生き方を示したと言ってもいい。人間の精神の自由がどういうものかを示したと言ってもいい。だが、具体的なところはどうであろう。神の言葉はどうやって人間に聴取されるのか、とか、神の言葉とはどういうものか、というようなことについては、お前は何も説明しなかったのだ。無論、人間の精神の自由を重んじたからである。また、確かに、人間には良心というのが生まれながら備わっている。お前は、これまた、人間の精神の自由を重んじるという観点から、人間に、それぞれの良心に従ってみずから善悪の判断をつけ、善に生きることを望んだ。これらのお陰で、人間の真実の生き方がどういうものかもちゃんと分からないという不安のただ中で、人間は、その良心に従い、善悪をみずから判断し、善行をなさなければならないという苦痛を味わうはめになってしまったのだ。こういうことだと、つまりは、人間は、『『真理はキリストの中にない』』と叫ぶようになる(33)」。

小林は、右に関し、シベリア流刑直後のドストエフスキーのN・D・フォンヴィージナ宛の書簡―一八五四年二月下旬―の一部を引用している。そこに、以下のような同趣の言葉が見られるのである。

「たとへ誰かがキリストは真理の埒外にゐるといふ事を僕に証明したとしても、又、事実、真理はキリストの裡にはないとしても、僕は真理とともにあるより、寧ろキリストと一緒にゐたいのです(34)」。

小林は、また、同種の言葉が、『悪霊』中にも、そして、晩年のノート中にも出ることを指摘している。その晩年のノート中の別の、参考になる言葉を今、上げておく。

われわれが信仰とキリストに権威を認めないなら、すべてにおいて迷うだろう。道義的な理念は存在する。それは宗教的感情から育つのであって、論理だけによって正当化されることは決してない。（略）わたしは少年のようにキリストを信じて説いているわけではなく、懐疑の大きな試煉を経てわたしのホサナは訪れたのである。(35)

要するに、小林が指摘しているように、「大審問官」中、出る、「『真理はキリストの中にない』」という言葉は、ドストエフスキーの場合、逆説的ということである。このことは、作品の内容からも言えることである。小林が適切に指摘している。

イヴァンは、自作の劇詩を「馬鹿々々しいものだけれども、何だかお前に聞かしたいのだ」とアリョオシャに断って読み始める。聞き終ったアリョオシャは真赤になって叫ぶ。「馬鹿々々しい話だ」。この断り書きは作者には必要だったのである。それが、恐らく大多数の読者の眼を逃れようとも。アリョオシャはイヴァンが大審問官を信じてゐると思ったから馬鹿々々しい話と言ったのだが、イヴァンは自作に少しも信用を置いてゐないから馬鹿々々しい話と断ったのである。(36)

また、小林は、

「イエスは世の終りまで苦しむであらう。われわれは、その間眠ってはならぬ(37)」。

というパスカルの言葉を引き、この言葉のような意味において、ドストエフスキーは眠らなかったのである、と言っている。パスカルの言葉は、『パンセ』、「イエスの秘義[38]」中、出る。話はイエスの受難に関するものである。「マタイによる福音書」等によると、死刑に処せられる前日、イエスはゲッセマネの園で祈った。さし迫っている自分の死を思い、苦悩し、悲しんだ。しかし、同時に、それが神の意志なら、それに心から従うという意志の表明も行った。三人の弟子たちがそこに一緒にいた。だが、彼らは、イエスが祈る間、居眠りをこらえることができなかった。イエスの精神に思いを致すことも、イエスの死の苦悩・悲しみに同情することもなかったのである。このようなことをパスカルは言い、以下のように続ける。

かくしてイエスは見はなされ、ただひとり神の怒りに対したもう。イエスはひとり地の上にいたもう。地はイエスの苦痛を感じてその苦痛を分ち担おうとしないのみならず知りさえもしない。イエスの苦悩を知るものはただ天とイエスのみである。（略）イエスは人々のがわからの同伴と慰めとを求めたもう。このことはその全生涯をつうじてただ一度のことである。私にはそうおもわれる。しかしそれを少しもお受けにならない、なぜなら弟子たちは眠っている[39]。

このあと、パスカルは、「イエスは世のおわるまで苦悶のうちにおられるであろう。この時のあいだ、眠ってはならない[40]」と言うのである。

再言することにもなるが、パスカルの言葉の要約を行っておく。―イエスは、人々がもたらす苦しみを神からのものとして受けとる。そして、それを完全に堪え忍ぶ。人々の罪を彼らに代って引き受け、みずから、神の罰を受ける。そこにイエスの人類愛の精神を見ることができる。だが、イエスは、死に臨んで人間として悲しみと苦痛にうちひしがれた。それで、そこに同伴していた最愛の友たち—三人の弟子たち—からの同情・慰めを欲した。しかし、彼らは居眠りをこらえることができなかった。だから、イエスは、まったき孤独のうちに神の罰を受けた。イエスが引き受けた苦しみは、イエスの人類愛の精神のあらわれである。この世が続くかぎり、その精神は深い意味をもつ。私たちは、その間、イエスのその精神、そして、その人間としての悲しみと苦痛、これらを意識し続けなければならない。

パスカルは、もとよりイエスに対する敬愛の念を込め、このような意味のことを言っているわけである。

小林は、また、こんなことを言っている。

大審問官の劇詩の内容は、ディアレクティックといふ様なものではない、イヴァンといふ人間である、引いては彼の様な人間を思ひ描いた作者の眠られぬ夜である。恐らく其処は、論理の糸を見失はねばならぬ場所であり、そちらを向いて物を言ふ事はいづれうまくは行かぬ仕事とは承知してゐるが、やはり僕はそちらを向いて進んで行くことにする。作者に対する敬愛の念が、さうさせるらしいので致し方がない。(41)

要するに、小林もまた、ドストエフスキーのように、「眠られぬ夜(42)」を過ごすものということである。ドストエフスキーに対する小林の敬愛の念が、彼をしてそうさせるのである。

ここで、小林流の自由を問題にしてみよう。小林流の自由は、かの「大審問官」に語られているイエス流の自由と無縁なものとはされない。ただし、具体的なところは分からないと言うべきである。また、ただし、以下のことは言える。

小林は、前章でふれたように、一九三七年七月の日中戦争勃発後、間もなく、評論「戦争について」(『改造』一九三七年一一月号)を発表した。その中で、戦争が始まった以上、国民たるものは国家中心の生き方をすべきである、と言った。そこには、国家は何をおいても根本のところ肯定すべきという考えが見られる。その即自態において、である。注意すべきは以下の発言である。「僕はたゞの人間だ。聖者でもなければ予言者でもない[43]」。これは、小林が自己の人間としてのレベルを見ていたことを意味する発言である。月並みな者として、小林は自己を見ていたのである。仏教用語を用いて言えば、小林は自己の機根を見ていたのである。それを低いものと見ていた。結果、国家中心の生き方をするという発言になったのである。既述のように、私はそういう発言をする小林に、弱者の居直りといった印象を受けるのである。なぜであろう。言葉は、小林が、聖者・予言者といった存在をあるべき存在としているところでのものである。しかし、小林は、自己がそういう高級な存在としてはありえないものであることを自覚する。と言うことなら、そこに、同時に、自己自身に対する悲しみの感情が働いてもよかったはずである。換言すれば、自己の業―ここでは、どうしようもない、生まれながらの心の動きや言動を言う―に対する悲しみの感情が。精神的弱者であり、それでしかない自己に対する悲しみの感情が。少なくとも、自己が、聖者・予言者といった宗教的に高度な存在でないという自覚に意味を求めようとするのなら、そういうことになるであろう。だが、小林がそういう質の感情をいだいたとはされない。だから、私は、小林という存在に、弱者の居直りといったイメージをいだくのである。

ただし、これは「戦争について」に即しての話であって、一九四一年から二年にかけて発表された「カラマアゾフの兄弟」に即してということになると、事情は違ってくる。

小林に学んで言うことだが、ドストエフスキーは、イエスに対する深い敬愛の念をいだいた。同様に、小林も、また、ドストエフスキーに対する深い敬愛の念を禁じえなかった。そういうことなら、「大審問官」に出るイエス流の自由と小林の実人生における生き方とがその後どうかかわったかはよく分からないのだが、少なくとも、単純に、小林をして、弱者の居直りのような態度をとった人とすることはできないように思う。

こんなことを小林は、「カラマアゾフの兄弟」中、言っている。

　この作の冒頭で、フョオドルの性格を素描し、作者は、こんな事を言ってゐる、「多くの場合、人間といふものは（悪人でさへも）吾々が批評を下すより、ずっと無邪気で単純な心を持ってゐる。吾々自身だってさうである」と。かういふ言葉を、何の気なしに読んではなるまい。かういふ言葉には、作者の永年の人生観察の辛い思ひ出が、一杯詰まってゐる。他人を眺め、自らを省み、彼の天賦の観察力の赴くところ、到る処に人性の驚くべき複雑なメカニスムが露出したのであるが、彼は、結局さういふものに誑かされはしなかったのである。彼の天賦の分析力は凡そ徹底したもので、恐らく殆ど彼自身の意に反し、触れるものを悉く解体し尽すていのものであったに相違なく、彼の言ふ人間の単純さ無邪気さといふ様なものは、さういふ荒涼とした景色のうちから突如として浮び上った鮮かな花の様なものであったと想像される。(44)

「フョオドル（フョードル）」とは、イヴンやアリョーシャの父親のことだが、この父親の描写のうちに、小林は、作者・ドストエフスキーの天才を見ている。私は、「人間の単純さ無邪気さ」とある点に留意したい。それは、人間の本性を言ったものである。ドストエフスキーの「永年の人生観察」は、実に彼に辛く厳しい人間認識をもたらした。だが、その認識のただ中で、ドストエフスキーは人間の本性を「単純さ無邪気さ」と直覚したのでもある。この直覚は、また、小林のものでもあったろう。小林の評論「当麻」（『文学界』一九四二年四月号）を読んでいて、その感を強くするのである。今、私は、「当麻」の以下のくだりを思い合わせている。

中将姫のあでやかな姿が、舞台を縦横に動き出す。それは、歴史の泥中から咲き出でた花の様に見えた。人間の生死に関する思想が、これほど単純な純粋な形を取り得るとは。(45)

以下、小林「当麻」を取り上げる。

第三節　小林秀雄「当麻」

小林秀雄の評論「当麻」は、梅若万三郎がシテを演じたところの、能の「当麻」の観劇体験を題材にとったものである。その能の「当麻」は、「当麻曼荼羅」縁起譚たる「中将姫伝説」を本説とする複式夢幻能で、前ジテは「老尼」、後ジテは「中将姫の霊魂」である。（前ジテ・後ジテ、共に、梅若万三郎が演じた）。世阿弥の作詞・作曲になるものと推定されている。(46) 晩年とか、(47) 最晩年の作とされる。(48) 世阿弥の生存年代（一三六三？—一四四三年?）からして、概略、十五世紀前半作とされるものである。その頃には、「中将姫伝説」が、一般に成立・流布していたのであろう。

ところで、小林の「当麻」観劇は、いつのことであったのだろうか。まず、このことを問題にしたい。初出―『文学界』一九四二年四月号―には、擱筆の日付けが付されている。「三月一〇日」とある。中村光夫『《論考》小林秀雄　増補版』（筑摩書房、一九八三年増補）中、

いまひとつ、昭和一七年で忘れがたいのは、二月ごろ小林秀雄氏と、高輪の能楽堂で梅若万三郎の「当麻《たいま》」(49)を見たことです。氏はこのときの感想を「当麻」という短文に書いています。氏の文章の中でも、もっとも好きなもののひとつです。一夕の観能の感想という形をとっていますが、実にいろいろな問題が提起されていて、ある意味では氏の精神のひとつの転回点を示すものではないかと思います。(50)

とある。また、

僕は氏の美意識あるいは芸術観の革命に、隣りに座って立会ったわけですが、そういう重大な劇が氏の精神に起ったとは想像もつきませんでした。ただ暖房もない寒い風の吹き通す木造の狭い能楽堂で、外套を着たまま桟敷に座っていただけでした。(51)

とも。では、一九四二年の二月頃、「当麻」を小林たちは見たとして、詳しくは、何月何日のことであったのか。

この点、一九四二年二月四日付けの「国民新聞」（夕刊）が教えてくれる。以下の記事が見える。

研能会（廿一日一時　高輪梅若能楽堂）

花月（信太郎）
佐渡狐（政志）
熊野（万佐世）
当麻（万三郎）

また、『観世』一九四二年二月号にも、ほぼ同様の記事が見える。「二月の能と謡の会」中、

研能会（高輪）　廿一日一時

花月　大塚信太郎
熊野　梅若万佐世
当麻　梅若万三郎(52)

とある。ここでは、狂言「佐渡狐」は省かれている。「高輪梅若能楽堂」とは、当時の梅若万三郎の自宅敷地内

にあった能楽堂のことで、その自宅のあった場所とは、今日の住居表示で言って、「東京都品川区北品川六丁目六―五」のあたりである。そのあたりは高台で、ＪＲ品川駅の西方にあたる。駅まで徒歩で十分ぐらいか。坂道を下ることになる。(53)

要するに、小林は、中村光夫と共に、一九四二年二月二一日、「高輪」の梅若万三郎の自宅敷地内にあった能楽堂で、「当麻」他の鑑賞を行ったのである。

さて、小林「当麻」(『小林秀雄全集　第七巻』、新潮社、二〇〇一年)は、以下の書き出しで始まる。

梅若の能楽堂で、万三郎の「当麻《たえま》」を見た。

僕は、星が輝き、雪が消え残った夜道を歩いてゐた。何故、あの夢を破る様な笛の音や大鼓《おほかは》の音が、いつまでも耳に残るのであらうか。夢はまさしく破られたのではあるまいか。白い袖が翻り、金色の冠がきらめき、中将姫は、未だ眼の前を舞ってゐる様子であった。それは快感の持続といふ様なものとは、何か全く違ったものの様に思はれた。(54)

小林は、梅若万三郎がシテを演じる、能「当麻」鑑賞中、ある特殊なエクスタシーを体験したのである。それは、一種、異様な美的体験であった。自己の実存の根本を問わしめるものであった。そういうエクスタシーに、小林は、観劇後の夜道の帰路も捕捉され続けたのである。そのただ中で、小林は、自己自身を問い、実存の根本についての思索を巡らしたのである。

ところで、右に引用したものは現行のもので、初出―『文学界』一九四二年四月号―の場合、該当部分は、以下のようになっている。

先日、梅若の能楽堂で、当麻を見て、非常に心を動かされた。当麻といふ能の由来についても、万三郎といふ能役者が名人である事についても、僕には殆ど知識らしい知識があるわけではなかった。が、そんな事はどうでもよかった。何故、あの夢を破る様な笛の音や大鼓《おほかは》の音が、いつまでも耳に残るのであらうか。そして、確かに僕は夢を見てゐたのではなく、夢を醒まされたのではあるまいか。星が輝き、雪が消え残った夜道を歩き乍ら、そんな事を考へ続けてゐた。白い袖が翻り、金色の冠がきらめき、中将姫は、未だ眼の前を舞ってゐる様子であった。これは快感の持続といふ様なものとは、何か全く違ったものだ、それは一体何だらう、どうも何とも名付けやうもないものだ。(55)

芸術作品としての完成度ということではともかく、分明さ、論理的な分かり易さというような点では、初出の方に分があるのではないかと、私は思う。

ところで、ここで能「当麻」の内容を見ておきたい。能「当麻」は、「当麻曼荼羅」縁起譚たる「中将姫伝説」を本説とするものである。同伝説の原始的形態を伝えるものとして、『建久御巡礼記』(56)がある。それによると、当時―平安時代末期頃―、二つの「当麻曼荼羅」縁起譚があったようである。一つは、当麻氏の祖・万呂子親王―聖徳太子の異母弟―夫人発願説。これは、同寺の「縁起」による。他は、「ヨコハキノ大納言」の娘発願説。これは寺僧の話による。

万呂子親王夫人発願説とは、概略、以下のようなものである。万呂子親王夫人は、常日頃、何とかして浄土を当麻寺に移し、衆生の浄土往生の縁にしたいものと願っていた。「天平宝字七年六月二三日」の夜のことだが、一人の化人が現れた。そして、一夜のうちに、万呂子親王夫人と共に、蓮糸で「曼荼羅」を織った。

実叡は、この縁起に出る年代に疑義を呈している。即ち、「此縁起時代年号尤不合歟[57]」と言っているのである。少し考えてみよう。「天平宝字七年六月二三日」は、西暦七六三年に該当する。とは、八世紀後半ということで、万呂子親王夫人が生きた時代は、六、七世紀と推定されるから、とても年代が合わない。こういう間違いを犯すところからすると、そんなに古い縁起譚とはされない。この縁起譚は早々に廃れた。

もう一つは、「ヨコハキノ大納言」の娘発願説だが、こちらが、その後、「中将姫伝説」へと膨らんで行く。「中将姫伝説」は、関山和夫『説教の歴史的研究』(法蔵館、一九七三年)によれば、「曼荼羅講説」の一環として形成されて行ったものである[58]。

「ヨコハキノ大納言」の娘発願説は、以下のような話である。天平宝字時代のことだが、「ヨコハキノ大納言」という人の娘が、日夜、浄土往生を欣求していた。彼女は、ある時、浄土のありさまを写したいとの願を立てた。数年後、一人の化人が現れ、一夜のうちに曼荼羅を織り、行方をくらませた。娘は、その後、その曼荼羅を一生、拝み続け、願い通り、浄土往生を遂げた。

「中将姫伝説」の主人公、つまり「中将姫」は、今日、架空の人物とされる。だが、かつては、歴史的実在の人物として、一般に信じられていたのである[59]。

『建久御巡礼記』では、主人公は、「ヨコハキの大納言」の娘という形で出る。これでは、漠然とした話で、主人公が歴史的実在の人物とは一般に信じられず、伝説成立の大きな要件の一つを欠いていることになる。だが、主人公が、淳仁天皇時代（七五八～七六四年）頃の実在の人物、右大臣・藤原豊成の娘ということになり、その名も「中将姫」と具体化したところでは、事情は別である。

伝説の類型の一つとして、霊験あらたかな話が、史実として信じられ、伝承されるものがある。「中将姫伝説」も、この類型に該当する。史実として、その霊験あらたかな話が一般に信じられるためには、その話の時代・場所の限定がいる。無論、主人公が、歴史的実在の人物として一般に信じられる必要がある。また、もう一つ大事なことは、主人公が何らかの意味で超能力者でなければならないということである。この点、「中将姫伝説」の場合、どうなっているのであろうか。

能「当麻」には、仏教で言う「女人五障説」の影響が見られるのだが、一方、世阿弥は、「中将姫」を「聖母マリア」的に見ていたという説が、「『当麻』をめぐって」（『観世』一九七七年六月号）と題する座談会―出席者、片山慶次郎・生島遼一・籠谷真智子・岡緑蔭・前西芳雄―の記事中、見える。生島遼一・籠谷真智子の説である。同説を参考にして言うことだが、仏教の女性観では解けない面が、「中将姫伝説」のヒロインにはあるように思われる。今、柳田国男「妹の力」（『定本　柳田国男集　第九巻』、筑摩書房、一九六九年）が思い合わされる。そこで、柳田は、仏教が流入する以前から日本にあったとされる、女性は霊力を有するという信仰の伝承を「中将姫伝説」のヒロインの祈願のうちに見ているのである。(60)

ともかく、世阿弥の生存年代からして、能「当麻」は、概略、十五世紀前半に作られたものとされる。その頃には、「中将姫伝説」が、一般に成立・流布していたのであろう。(61)

小林「当麻」に視点を戻す。小林は、「中将姫」の早舞の印象として、「それは、歴史の泥中から咲き出でた花の様に見えた」(62)と言っているのだが、その中の「歴史の泥中から咲き出でた花」という文言は、仏教用語たる

「泥中の蓮《はちす》」を踏まえたものであろう。「泥中の蓮」の出典について、新村出編『広辞苑　第四版』(岩波書店、一九九一年)は、『維摩経』を上げている。以下に関係のくだりを上げる。

　若見無為入正位者。不能復発阿耨多羅三藐三菩提心。譬如高原陸地不生蓮華卑湿淤泥乃生此華。如是見無為法入正位者。終不復能生於仏法。煩悩泥中乃有衆生起仏法耳(鳩摩羅什漢訳『維摩詰所説経』、「仏道品第八」)[63]。

(もし無為を見て正位に入る者は、また阿耨多羅三藐三菩提心《あのくたらさんみゃくさんぼだいしん》を発《おこ》す能わず。譬えば、高原の陸地には蓮華を生ぜず、卑湿《ひしつ》の淤泥《おでい》に、すなわちこの華を生ずるが如し。かくの如く、無為法を見て正位に入る者は、ついにまた、よく仏法を生ぜず。煩悩の泥中にすなわち衆生ありて、仏法を起こすのみ[64])。

「若見無為入正位者。不能復発阿耨多羅三藐三菩提心」とは、もし、涅槃を(直接)目指して、その境位を得ているものは、一方、「阿耨多羅三藐三菩提」に対して発心することはできないという意味である。「阿耨多羅三藐三菩提」とは、『改版　維摩経』(長尾雅人訳注。中公文庫、一九八三年)によれば、「愛という煩悩を内容とする大乗の『無上完全なさとり[65]』」のことである。長尾に学んで言うことだが、「見無為入正位者」とは、小乗仏教の覚者の話である。彼らは、「涅槃の滅のさとりにはいり、凡夫の生を断って聖者となり、人間的な生には再び立ち帰ることがない[66]」のである。彼らには、(衆生に対する愛という)煩悩の問題が抜けているのである。だが、蓮華は汚い泥水の中にこそ咲く。そのように、煩悩を抜きにして、真の悟りへと発心することはできないのである。煩悩に汚れた衆生においてこそ、真の悟りへの心が起こるのである。

『広辞苑』は、「泥中の蓮」の意味について、「けがれた境遇にあってもこれに染まらず、清らかさを保つことのたとえ」と言っている。これらからして、「泥中の蓮」は、大乗仏教の「不住涅槃の思想」と関係があるものと言える。「不住涅槃の思想」とは、大乗仏教独特の涅槃に対する考え方を言うもので、長尾雅人『中観と唯識』(岩波書店、一九七八年)には、「涅槃にも住せず生死にも住せざるの義で、大悲の故に生死を捨てず、大智の故に生死に住せざること」(67)とある。こういうことからすると、「泥中の蓮」とは、大乗仏教の悟りの観点―悟った観点―で、直接、言うものともされる。その点では、大智故、涅槃に住し、大悲故、輪廻の世界、即ち歴史の世界、に身をおくという意味と、その言葉はされる。

以上のように、「歴史の泥中から咲き出でた花」という小林の言葉は、仏教用語・「泥中の蓮」を念頭においた、一種のもじりの言葉と思われるのである。少なくとも、「泥中の蓮」という仏教用語を連想させる言葉ではある。そこで、小林は、歴史を、特には近代という時代を、泥にたとえている。小林「当麻」に以下のくだりがある。

　仮面を脱げ、素面を見よ、そんな事ばかり喚き乍ら、何処に行くのかも知らず、近代文明といふものは駈け出したらしい。ルッソオはあの「懺悔録」で、懺悔など何一つしたわけではなかった。あの本にばら撒かれてゐた当人も読者も気が付かなかった女々しい毒念が、次第に方図もなく拡ったのではあるまいか。僕は間狂言の間、茫然と悪夢を追ふ様であった。(68)

右の言葉のあとに、「中将姫のあでやかな姿が、舞台を縦横に動き出す」(69)とあり、そして、「それは、歴史の泥中から咲き出でた花の様に見えた」と続くのである。近代人は、自己の意識を中心にして言動を形成する。近代社会は醜悪な我の世界である。自己の存在は社会性を帯びない。このようなことを小林は言っているものとされる。

表現になる自己、社会性を帯びる自己、そういう自己こそ大事である、と小林は言っているとしてもいい。また、さらには、中世はそういう勝義の自己が時代精神として存在した時代、と言っているとしてもいい。以下の言葉があるのである。

室町時代といふ、現世の無常と信仰の永遠とを聊かも疑はなかったあの健全な時代を、史家は乱世と呼んで安心してゐる。(70)

小林によれば、近代という時代は精神上の乱世にあるということである。それぞれがエゴイスティックになり、結果、お互い孤立している。社会性を帯びた自己、表現になる自己ということでは、近代人の場合、何をおいても自己否定が必要である。中世的な無心な自己こそ、真の自己である。能「当麻」鑑賞において、概略、以上のようなことを自己反省の意味も込めて、小林は考えたのである。

ところで、あでやかな中将姫の舞姿を見て、小林は、「歴史の泥中から咲き出でた花」のような印象を受けたと言っている。とは、その時、小林は、心を洗われたということである。その時、小林は清浄な心をそのうちに点したのである。清浄な心は、無垢な心と換言してもいい。また、(禅)仏教で言う無心を今、思い合わせもいいであろう。また、そういう心境が、世阿弥にとって演技の花を咲かせる原理とされたのでもあった。小林が

「当麻」鑑賞において体験した美は、実存論的な美とされるものだが、そういう美は、また、世阿弥自身によって構築された美でもあったとされる。

ここで、『風姿花伝』に即して、世阿弥の演劇論を見ておこう。「風姿花伝　第一　年来稽古条々」中、概略、以下のようなことが説かれている[71]。

七歳。稽古始めは、だいたいこの年頃である。この年頃の子には、はたからとやかく言わず、自由に稽古をやらせたらいい。それで、その子のもち味が出るものである。わきからあまり厳しいことを言うと、やる気をなくし、能の上達が止まってしまうことにもなる。

十二、三歳。この年頃からは、徐々に種々の技術・曲目を教えるのが適当である。この年頃の子は、自然なこととして、立ち振る舞い・声、いずれも魅力的である。また、その上、演技が上手であると言うのなら、素晴らしいことである。だが、所詮、この年頃の演技の魅力は、年令即応の肉体の若さ故のものなのであって、「時分の花[72]」に過ぎない。「まことの花[73]」ではない。「まことの花」は、長年月をかけた稽古や演技の工夫を踏まえた結果、生じるものである。

十七、八歳。この年頃のものには、声変わりの関係でかつてのような声の美しさは望めない。体つきも腰高になり、自然のままの姿がいいとは言えなくなる。演技がうまくできず、観客の眼にぎこちなく映るのでもある。だが、くじけず、今が一生の境目と思って、観客の評判など気にせず、内に神仏に祈りつつ、稽古に励むべきである。

二十四、五歳。この年頃になると、声変わりも済み、体つきも大人びてくる。この年頃のものは、観客に名人の出現かと思わせるような魅力ある演技をすることがある。だが、そうは言っても、この場合も、その魅力の本質は年令即応の自然な肉体故のものなのであって、「まことの花」と言うべきものではない。眼の肥えた観客にはそのことが分かる。慢心せず、立派な先輩に教えを乞い、稽古に励むべきである。

三十四、五歳。この年頃は能役者の正に絶頂期間で、能が上達するのもこの年頃までである。もし、この年頃に、稽古と演技との工夫を十分積んだ成熟した演技ができ、そして、あわせて、世間から認められ、名人という評判を広くえているのなら、正真正銘の名人である。逆に、演技がどんなに上手であっても、世間から認められることもあまりなく、名人という評判も広くえていないのなら、正しく名人とはされない。「まことの花」を咲かせることができない役者である。

四十四、五歳。この年頃になると、たとえ、能の奥義を極め、名人と自他ともに許す役者であっても、優秀な脇役を必要とする。あまり難しい、細かい演技はせず、そういうのは脇役にまかせ、自分としては控えめに、そして、自分の芸風にあったやり易い演技をすべきである。

五十有余歳。この年頃になると、一般的に言って、演技をしない以外、手立てはないであろう。

私たちは、それぞれ自己固有の肉体をもってこの世に生息している。その肉体は年令と共に変化する。年令に即応して美醜がある。肉体は、ある時、誕生し、年と共に成長して行く。そして、成熟に至る。その後、やがて衰え始め、早晩、老体となり、最後には死滅する。これは、自然のなりゆきである。世阿弥は、時々の年令に即応した自然な肉体のありように観点をおき、稽古のあり方や演技などについて、その論を展開している。その際、「時分の花」というのを立てる。「花」とは、演技の咲かせる花、演技の魅力のことである。演技の美のこととしてもいい。ただし、「時分の花」は、演技の咲かせる花、演技の魅力、と言っても、もっぱら、その実、年令の若さに即応した、肉体の自然な美しさによるものである。もっとも、それも「花」と、世阿弥はする。「時分の花」も、また、「花」なのである。ただし、「まことの花」ではない、と世阿弥は言う。「まことの花」は、長年月をかけた、稽古、演技上の工夫、これらを必須とする。それこそ、真の演技の魅力と言うのである。だが、「まことの花」と言えども、やがて萎れる。肉体がやがて衰えるからである。そういう肉体の運命に、「まことの花」と言えども、従わざるをえないのである。その意味では、「まことの花」もまた、「時分の花」なのである。(74)

ただし、「風姿花伝　第三　問答条々」中、「花の萎れたらんこそ面白けれ(75)」とある。そこで、世阿弥は、「萎れたる風情(76)」というのを問題にしているのである。「まことの花」は、そういう「萎れたる風情」をも厳密には含むものと考えられる。あるいは、「まことの花」を超えた「花」をも世阿弥は追究したと言うべきかも知れない。何にしろ、そういうことなら、「時分の花」の（肉体的）時分性を世阿弥の「花」は超えているとされるのである。

少し詳しく考えてみよう。「萎れたる風情」については、金井清光『風姿花伝詳解』（明治書院、一九八三年）中の考察が参考になる。(77)金井は、中世の美意識の問題として、「萎れたる風情」を考えている。中世の美意識の例として、『徒然草』第一三七段中の以下の文句を上げている。

花はさかりに、月はくまなきをのみ、見る物かは。雨に向かひて月を恋ひ、垂れこめて春の行方も知らぬも、猶あはれに、なさけ深し。咲きぬべきほどの木末、散りしをれたる庭などこそ、見どころ多けれ。(78)

ところで、本居宣長は、『玉勝間』、「四の巻」、「七七　兼好法師が詞のあげつらひ」中、右の言葉に対して、「けんかうほうしがつれづれ草に、花はさかりに、月はくまなきをのみ見る物かはとかいへるは、いかにぞや(79)」と言って、批判している。ただし、「いにしへの歌どもに、花はさかりなる、月はくまなきを見たるよりも、花のもとには、風をかこち、月の夜は、雲をいとひ、あるはまちをしむ心づくしをよめる(80)」歌こそが多い、と言い、そして、また、それらにこそ、心の深い歌が多い、と言っているのでもある。

では、何が宣長に不満だったか。それは、兼好が人情をないがしろにしている点である。人情からするなら、桜の花は満開なのを鑑賞したいものだし、月は、と言えば、皓々と照る明月をこそ鑑賞したいものなのである。しかし、現実は思うに任せない。そこで、人は悲しむ。その悲しみの中で詠まれた歌にこそ、名歌が多いのである。このようなことを宣長は言っているのである。その理由については、以下のように言っている。「人の心は、うれしき事は、さしもふかくはおぼえぬものにて、たゞ心にかなはぬことぞ、深く身にしみてはおぼゆるわざなれば、すべてうれしきをよめる歌には、心深きはすくなくて、心にかなはぬすぢを、かなしみうれへたるに、あはれなるは多きぞかし(81)」。

ただし、だからと言って、「わびしくかなしきを、みやびたりとてねがはむは、人のまことの情《コヽロ》ならめや(82)」と、宣長は兼好を批判するのである。そして、「かのほうしがいへるごとくなるは、人の心にさかひたる、後の世のさかしら心の、つくり風流《ミヤビ》にして、まことのみやびごゝろにはあらず(83)」と結論付ける。確かに人情というものにちゃんと眼をおかず話をするところが、兼好にはある。

住みはてぬ世に見にくき姿を待ちえて、何かはせむ。命長ければ恥多し。長くとも、四十《よそぢ》に足らぬほどにて死なんこそ、めやすかるべけれ(84)、(『徒然草』第七段)。

これなど、人情を無視した発言と言われても否定できないであろう。人間の性情がどういうものかをよく知った上で、それから眼を逸らすことなく、問題にあたるべきである。そうでないなら、問題の全的な解決は望めないであろう。

もっとも、だからと言って、私は、人情を一方的に肯定するものではない。直截に言って、死ぬことにも意味があるのではないか、と私は思っている。人情からするなら、死は一方的に否定されるわけだが。そういうことなら、人情自身に問題があるとなるであろう。人情にかまけては、また、ならないのである。私は人情の罪ということも思う。

宣長は、人情に重きをおき過ぎた。人情の何たるかを詳しく考察する必要があったであろう。その点、兼好は、人情というものに対して批判の眼をもっていたものと思われる。適切な批判であったかどうかはともかく、である。兼好は、『徒然草』第七段中、こんなことも言っている。

あだし野の露消ゆる時なく、鳥部山の煙立ちも去らでのみ住みはつるならひならば、いかに物のあはれもなからむ。世は定めなきこそいみじけれ。(85)

この世は無常だからいいのだ、もののあわれの感情だって働くのだ、と言うわけである。兼好は人情にちゃんと眼をおかず話をしている、と言えば、正に言える。だが、また、中世人らしく無常観を踏まえ、美の問題を考えているとも言える。後者の意味では、兼好が萎れた花にも風情を感じたというのは、考え易いことである。言うまでもなく、その背後には無常観がある。

さて、世阿弥に再度、視点をあててみる。世阿弥は萎れた花に風情を感じた。金井清光は、そういうところに中世の美意識を見、その風情の説明として、『徒然草』第一三七段中の文句を上げていた。私は、その文句に関する考察を行ったわけだが、見えて来たのは仏教の無常観である。そういうことなら、世阿弥も、兼好のように、萎れた花に風情を感じると言う時、無常観を前提にしていたのではなかろうか。無常観を前提にすればこそ、また、「時分の花」の時分性を本質的に超えた美というのが考えられるのである。

「花伝　第七　別紙口伝」中、

何れの花か散らで残るべき。散る故によりて、咲く頃あれば、珍らしきなり。能も住する所なきを、先花と知るべし。(86)

とある。こういう言葉からも、世阿弥の無常観を指摘することができる。換言すれば、世阿弥は無心をこととした人物ということである。無心については、この際、以下が参考になる。引用文中の最後の一文は、『金剛般若経』中の、有名な「応無所住而生其心」(まさに住する所無くして、しかもその心を生ずべし)(87)という文句を踏まえたものと言われる。(88)で、鈴木大拙が、『金剛経の禅・禅への道』(春秋社、一九七五年)中、この言葉の意味について、無心ということと同じと言っているのである。(89)

鈴木は、また、「『住するところなくしてその心を生ずる』というのは、無分別心が、すなわち住するところのない心が、分別意識上に働く義(90)」と言っている。それなら、「住するところのない心」—「無所住」の心—とは、「無分別心」のこととされるわけだが、また、それらと同じ意味の言葉として、無心という言葉があるとされるであろう。なお、「応無所住而生其心」という言葉は、『金剛般若経』では、「清浄心」[91]という言葉でも説明されている。

世阿弥の演技論上の理想は、仏教の無常観を体を張って理解することを外しては考えられないものであった。換言すれば、無心・清浄心、こういった仏教でいう悟りの境地を心身の全体を賭けて我がものにすることを理想とするものであった。

能「当麻」は、仏教の無常観を深くたたえた曲である。このことも念頭において言うことだが、小林が能「当麻」鑑賞において体験した美―実存論的美―とは、仏教の無常観を根本にしたものであったとされる。ただし、小林が仏教の無常観を体を張って理解しえたかどうかは、また、別問題である。

以下、本章のまとめの意味も込め、述べる。本章においては、小林の自由観について考察した。自由とは、みずからによる生き方、よった生き方を言う。みずからは、自己と換言してもいい。問題は、そういうものの構造・成り立ちである。人間の真の自由を問題にするのなら、当然、そういうことになる。そこに真の自己とはどういうものかという問題が出る。これは、要するに、自己の自己たる所以の問題である。自己は、どういう根拠のもと、自己として成立するのか、しているのか、というような問題である。

小林は、大野道賢や吉田松陰の生き方を自己流の理想の自由の説明に上げている。彼らは、自己のいだく信念のもと、まことに強烈に、その肉体的生命をも顧みず、生きた人である。彼らは、肉体的生命の束縛から自由になった。精神の自在性をえ、精神の自由に生きた。そういうことで、小林は真の自由と言うのである。だが、正しくは、その当体の自己の構造も問題にすべきである。どういう根拠のもと、当体の自己はあるのか。これは、当体のいだく信念の普遍性を問うことでもあるのだが、この根拠の点で、私は、道賢・松陰、共に問題があると思う。ただし、この点、「カラマアゾフの兄弟」や「当麻」からするなら、その根拠が、小林において、正しくも深く考えられているように思われる。問題は、深く宗教に関係する。

先に、小林が、ドストエフスキーの言う「人間の単純さ無邪気さ」に深い意味を見出していることにふれたが、その「人間の単純さ無邪気さ」とは、人間の心の根本にある単純さ・無邪気さのこととされる。そして、少なくとも小林の視点では、その「人間の単純さ無邪気さ」とは、仏教の悟りの境地を言う無心・清浄心と通じ合うものとされていたであろうと思われる。

ただし、そういった勝義の心は、近代人の場合、一般に隠蔽されている。人間の醜悪な、エゴイスティックな心によって、である。理想を言えば、そういった勝義の心をもって、そして、体を張って生きるところに、真の自己がある。真の自由もそういうところでこそ、考えられる。

また、ただし、そういった勝義の心は、人間の心に、誰であれ、原理上は備わっているものとされる。と言うか、そう私は信じたい。少なくとも、信じないのなら、私たち人間がこの世で直面し、直面せざるをえない問題の全的な解決は望めない。何となれば、解決の根拠を失うことになるからである。

以下、小林の評論「戦争と平和」に即して、これらの問題について、よく考えてみたい。

注

（1）（本欄）三一〇頁。　（2）同前。　（3）同前。　（4）同前。　（5）（本欄）三一〇、三一一頁。

（6）岩波文庫本による。『葉隠下』（和辻哲郎・古川哲史校訂。一九四一年）。一一九～一二一頁参照。

（7）『葉隠中』（和辻哲郎・古川哲史校訂。岩波文庫、一九四一年）。一九五頁。

（8）『葉隠上』（和辻哲郎・古川哲史校訂。岩波文庫、一九四〇年）。一〇四頁。

(9) 三月号、一五三頁。
(10) 出席者は、小林のほか、荒正人・小田切秀雄・佐々木基一・埴谷雄高・平野謙・本多秋五。
(11) 三五頁。　(12) 同前。　(13) 五四頁。　(14) 同前。　(15) 二〇頁。　(16) 一一頁。
(17) 『改造』一九四一年三月号。（本欄）一五三頁。
(18) 三九、四〇頁。　(19) 四〇頁。
(20) 『中央公論』一九四〇年一一月号。（本欄）三一一頁。
(21) この家康の言葉は、徳富蘇峰『徳川家康（三）　近世日本国民史』（講談社学術文庫、一九八二年。五三〇頁）によると、大道寺重祐『霊巌夜話』他に出る。今、『霊巌夜話』によって原文を出しておく。ただし、京大本による。享保一四（一七二九）年序文。四巻四冊。該当する原文は、第一巻第一冊中、出る。「信らしきと思ふ偽りハ言てもくるしからず偽りがましきまことをハ言ぬ物なり」（四丁表）とある。
(22) （本欄）三〇三頁。
(23) 引用、注（8）参照。二三頁。
(24) 小林「文学と自分―文芸銃後運動講演―」中、（本欄）三一一頁。猶、参考までに、山口県萩市・松陰神社所蔵の『留魂録』―ただし、複製本による―から、くだんの歌を引用しておく。『留魂録』の末尾に出る五首の歌の中の一首である。「呼だしの声まつ外に今の世に待べき事のなかりける哉」。
(25) 「文学と自分―文芸銃後運動講演―」。（本欄）三一一頁。
(26) 引用、『吉田松陰全集　第二巻』（大和書房、一九七三年）による。八六頁。
(27) この辺のことは、玖村敏雄『吉田松陰』（岩波書店、一九三六年）を参考にした。一二二～一四六頁参照。
(28) 注（26）に同じ。頁も。
(29) 同前。
(30) 米川正夫訳による。「第五　大審問官」は、『カラマーゾフの兄弟　第二巻』（岩波文庫、一九五七年、改版）中、七六頁～一一一頁。
(31) 九八頁。
(32) イエスの言葉の出典は、「申命記」。例えば、新共同訳『聖書』（日本聖書協会、一九八七年）、「申命記」、第八章

(33) 三節、(旧) 三四〇頁、参照。
(34) 注(30)参照。九二頁。
(35) 引用、小林「カラマアゾフの兄弟」(『文芸』一九四一年一〇月号) による。一四九頁。
年)による。四三八頁。
(36) 引用、『ドストエフスキー全集　第二七巻』(工藤精一郎・安藤厚・原卓也・江川卓・染谷茂訳。新潮社、一九八〇年)による。四三八頁。
(36) 引用、小林「カラマアゾフの兄弟」(『文芸』一九四二年三月号) による。八二頁。
(37) 引用、小林「カラマアゾフの兄弟」(『文芸』一九四二年二月号) による。一四〇頁。
(38) 例えば、『パンセ (瞑想録)(上)』(津田穣《ゆたか》訳。新潮文庫、一九五二年)、三三一〜三四〇頁、参照。
(39) 同前、三三二頁。　(40) 同前、三三三頁。
(41) 引用、注(36)参照。八二頁。
(42) 同前。頁も。　(43) 一二三頁。
(44) 『文芸』一九四二年五月号。八六頁。
(45) 四頁。
(46) 表章『能楽史新考 (一)』(わんや書店、一九七九年) 中、「世阿弥作能考」、四八三〜五〇四頁、参照。
(47) 表章「能楽史周辺の問題二つ」(『日本文学誌要』三〇、法政大学国文学会、一九八四年八月)、四〇頁、参照。
(48) 八嶋正治「世阿弥晩年の作風」(『国文学研究』四四、早稲田大学国文学会、一九七一年六月)、五五〜六四頁、参照。
(49) 中村は、能の曲名たる「当麻」に、「たいま」というルビを付しているのだが、これは正しくない。同表記は、「たえま」・「たへま」・「たゑま」―この三つのうちのどれかであるべきである。ただし、日本語学の常識だが、当時のそれらの第二音節の音価は、いずれも [je] であった。
(50) 二七〇頁。　(51) 二七二頁。　(52) 一七頁。
(53) 既出、表論文に、すでに、小林が「当麻」を鑑賞した日付け・場所に関する考察がある。考察のプロセスは違うが、当然のことながら、結論は同じである。なお、私の考察は、一部分、表氏の直接の教示に負うところがある。また、増田正造編『華の能　梅若五〇〇年』(講談社、一九八一年) によると、同能楽堂は、一九四五年五月

(54) 二七日の空襲で焼失した。二四六頁参照。
三五〇頁。　(55)　二、三頁。
(56) 『建久御巡礼記』は仮題。原書名不明。東大寺の僧・実叡の書。建久三（一一九二）年成立。私の見た写本は、大東急記念文庫所蔵のもの。巻子本。鎌倉期書写。鈴鹿三七「古鈔本『吉備大臣物語』に就いて」（『仏教文学』第二号、一九二九年一〇月）、一三、四頁参照。猶、同論文によれば、実叡の手になる書写かどうか不明とのことである。
(57) 引用、大東急記念文庫本による。
(58) 同書、「第三」中の「三　曼荼羅講説による浄土教の展開」参照。七八～一二一頁。
(59) 伝説の本質、伝説の類型、これらの理解にあたって、福田晃「伝説の分類と定義」（『歴史公論』一九八二年七月号）を参考にした。四一頁～五一頁参照。
(60) 一五頁参照。
(61) 注(58)参照。八三頁。
(62) 引用、『小林秀雄全集　第七巻』(新潮社、二〇〇一年）による。三五二頁。
(63) 引用、『大正新脩　大蔵経　第一四巻　経集部一』(大蔵経刊行会、一九七一年再刊)。五四九頁。
(64) 書き下し文は、紀野一義『維摩経　仏教講座9』(大蔵出版、一九七一年）に従った。二二二頁。ただし、一部分、私的に改めたところがある。
(65) 同書の注一八三参照。一九七頁。
(66) 同書の注一〇七参照。一九二頁。
(67) 二〇〇頁。
(68) 引用、注(62)参照。三五二頁。
(69) 引用、同前。頁も。
(70) 引用、同前。頁も。
(71) 『日本古典文学大系65　歌論集　能楽論集』(久松潜一・西尾実校注。岩波書店、一九六一年)。三四三～三四八頁参照。

(72) 同前。三四四頁。
(73) 同前。頁も。
(74) 「まことの花」も、また、「時分の花」ということについて、大江健三郎「狂ふ所を花に当てて—「風姿花伝」—」(『新潮』一九七二年八月号）に学んだところがある。二三一頁参照。
(75) 引用、注(71)参照。三六六頁。
(76) 引用、同前。頁も。
(77) 二九〇〜二九五頁。
(78) 引用、『新日本古典文学大系39　方丈記　徒然草』(佐竹昭広・久保田淳校注。岩波書店、一九八九年）による。二一二頁。
(79) 引用、『日本思想体系40　本居宣長』(吉川幸次郎・佐竹昭広・日野龍夫校注。岩波書店、一九七八年）による。一三五頁。
(80) 引用、同前。頁も。
(81) 引用、同前。一三六頁。
(82) 引用、同前。頁も。
(83) 引用、同前。頁も。
(84) 引用、注(78)参照。八三、四頁。
(85) 引用、同前。八三頁。
(86) 引用、注(71)参照。三八七頁。
(87) この書き下し文は、『般若心経・金剛般若経』(中村元・紀野一義校註。岩波文庫、一九六〇年）による。六四頁。
(88) 引用、注(71)参照。三八七頁、頭注四四。
(89) 二四頁参照。　(90) 二八頁。
(91) 引用、注(87)参照。六四頁。

第三章　小林秀雄「戦争と平和」

第一節　真珠湾攻撃の報道と人々の反応

一九四一年一二月八日未明―日本時間―、太平洋戦争が、日本陸海軍の奇襲攻撃をもって始まった。小林秀雄の評論「戦争と平和」（『文学界』一九四二年三月号）は、その時の海軍側の奇襲攻撃、いわゆる、世界戦史に名高い、「真珠湾攻撃」の航空写真を題材に取ったものである。

写真は、翌四二年一月一日付けの「朝日新聞」（朝刊。東京本社版）に掲載されたものである。同評論によると、小林は、元日の朝、海の見える鎌倉の自宅の縁側で、椅子に腰掛け、新聞に見入った。そして、以下の感想をいだいた。

「戦史に燦たり、米太平洋艦隊の撃滅」といふ大きな活字は、躍り上る様な姿で眼を射るのであるが、肝腎の写真の方は、冷然と静まり返つてゐる様に見えた。模型軍艦の様なのが七艘、行儀よくならんで、チョッピリと白い煙の塊りをあげたり、烏賊の墨の様なものを吹き出したりしてゐる。(1)

問題の「朝日新聞」を見てみると、その第一面は、二葉の航空写真で大半が埋められている。真珠湾攻撃関係の写真は、他面にも及ぶ。（無論と言うべく、他紙においても同様の写真報道特集が組まれた）。小林が問題にしているのは、第一面上段の写真で、米太平洋艦隊の主力艦群が猛攻にさらされている様子が真上から俯瞰されている。「烏賊の墨の様なもの」とは、流失した重油のことだが、海面をどす黒く染めている様子が写し出されている。（写真はモノクロ）。印象風に言えば、〝米太平洋艦隊断末魔の写真〟である。

因みに、下段写真には、湾内フォード島のほぼ全景が斜め上から写し出されている。飛行場他の軍事施設が見える。島の周辺には多数の艦船が浮かぶ。巨大な水柱が、一つ、立っている。雷撃によるもののようである。近くに我が方のものとおぼしき機映が、一つ、見える。

紙面の最下部に上下二葉の写真の解説が、図解付きで付されている。それぞれ、「吾ガ必殺ノ猛襲下ニ惨澹タル敵主力艦群」、「真珠軍港フォード島周辺ニ葬リ去ラレントシツツアル敵艦船及施設」と銘打ってある。解説・図解を頼りに上段の写真をよく見てみると、「烏賊の墨の様なもの」の近くに白い雷跡が認められる。魚雷の命中による波紋も認められる。小林は、こういう写真に見入ったのである。

これらの写真を眼にした当時の日本人の大多数は、〝血湧き肉踊る〟式の感動に襲われたことであろう。このことは、今からでも想像に難くないと言えるか。この際、以下の新聞記事が参考になる。一九四二年一月二日付けの「朝日新聞」（朝刊。東京本社版）に、「献金の人並殺到　輝く元旦の陸海軍両省」という見出しの記事が載っている。その一部―海軍関係―を掲げる。

戦勝に明けた元旦、海軍省の大玄関は献金の人並で身動きも取れなかった。全国の新聞紙上を飾った真珠湾奇襲の写真、一億のお年玉に贈られたハワイ空襲部隊撮影のニュース映画に血潮を沸らした国民が勇士への感謝をこめての献金なのだ。

大戦果をおさめた真珠湾攻撃の様子は、元日を期し、ニュース映画でも報道された。この報道については、前日、一二月三一日付けの「朝日新聞」（朝刊。東京本社版）に、「歴史的記録映画」―ただし、右から左への横書き―、「真珠湾・暁の奇襲　元旦一斉全国に公開」、これらの見出しのもと、以下の予告が出ている。

全世界を震撼したわが海鷲のハワイ真珠湾暁の奇襲―〝米国太平洋艦隊〟を全滅させた彼の歴史的戦勝の記録映画が来春元旦を期して全国一せいに各映画館で公開される。必死この奇襲を敢行した海鷲が激戦の最中にみづから撮影したもので上下左右に揺れる画面は海鷲当時の奮戦振りを偲ばせて感激の涙自づと溢れる。大平洋の激浪を乗り切る我が航空母艦の勇姿、平然と微笑を湛へて機上の人となる海鷲、さては次々と屠られる米主力艦の実況―一億国民への〝世紀のお年玉〟でなくて何であらう。

ただし、櫻本富雄『大東亜戦争と日本映画　立見の戦争映画論』（青木書店、一九九三年）によると、同映画の放映は、情報局―情報局がどういうものであったかということについては、あとで詳述する―によって四二年元日まで厳禁されていたものである。そして、その上で、情報局は、各新聞社に対し、同記録映画の元日を期しての放映予告を掲載させたのである。くだんの真珠湾攻撃関係の写真報道に対しても、同様の処置がとられた。(2) 情報局は、開戦後初の元日を期し、緒戦において大戦果を上げた真珠湾攻撃の、写真と映画とによる報道を大々的、かつ劇的に、行おうとしたのである。櫻本の言うように、情報局の「啓発宣伝作戦は大成功であった[3]」と思われる。

なお、一九四一年一二月三〇日付けの「朝日新聞」(朝刊。東京本社版)に、「まざまざと視る〝壮絶ハワイ海戦〟元旦紙上に歴史的戦況写真」という見出しのもと、以下の真珠湾攻撃関係の写真報道の予告記事が掲載されている。

大東亜戦争の戦局を一挙に決した去る八日暁闇のハワイ大奇襲作戦の実況写真が海軍省に到着し本社に提供されるので明年元旦の本紙を飾ることになった。同写真は参加した海鷲苦心の撮影によるもので、米大平洋艦隊の艦列が濛々黒煙を吐いて傾きつゝある光景、また飛行場その他の軍事施設が黒煙につゝまれてゐる光景など歴史的戦況が手にとるごとく鮮明に撮影され、戦史にいまだその例を見ぬ大戦果が如実に物語られてゐる。

また、四二年一月三日付けの「朝日新聞」(朝刊。東京本社版)の、「旺盛なる皇軍の志気」と題する「社説」中、

元旦劈頭、譬へやうもなき喜びは、香港に、比島に、馬来に、ボルネオに、なほまたハワイの周辺に、息もつかせぬ感激の連勝絵巻が次々と繰り展げられてゐることである。殊に、元日の各紙を飾った、去月八日のハワイ大奇襲当日の敵主力艦および陸海軍飛行場の撃滅の瞬間を実写したる写真は、銃後国民をして無比

の光景に、心魂ともに打ち震ふ感激を覚えしめたのである。

とある。この記事からも、くだんの真珠湾攻撃関係の写真を眼にした当時の日本人が、大方、どういう気持ちになったかがうかがえる。

真珠湾攻撃が行われた開戦当日、つまり一九四一年一二月八日、は、以下のような一日であった。

八日午前六時（日本時間）、「帝国陸海軍は本八日未明、西太平洋において米英軍と戦闘状態に入れり」という、ごく短い大本営陸海軍部発表が行なわれた。この発表はただちに電波に乗って臨時ニュースとして国民に伝えられ、日米交渉の行詰りで重苦しい雰囲気におちいっていた国民に大きな衝撃を与えた。午前十一時四十五分、宣戦の詔書が発せられ、正午に全国に放送された。詔書は、米英が中国の残存政権（蔣介石政権）を支援して東亜の過乱を助長し、平和の美名にかくれて東洋制覇をはかり、与国を誘って日本の周辺で武備を増強し、経済的圧迫を強化して日本の生存を脅かしている、このまま事態が推移すれば東亜安定にかんする日本の積年の努力は水泡に帰し、日本の存立も危うくされるので、「自存自衛」のため、やむをえず起つものである、と国民に説いていた。宣戦の詔書の発表とともに、東条首相は一億一心の心構えで、必勝の信念をもって戦うよう国民に訴えたが、夜になって発表された緒戦の戦果は一部の懐疑論を吹きとばして国民を狂喜させ、むしろ、米英何するものぞ、という気分さえもおこさせた。[4]（林茂『日本の歴史　第二十五巻　太平洋戦争』、中央公論社、一九六七年）。

開戦を報じるラジオの臨時ニュースの話が出ているが、その時の（日本放送協会の）アナウンサー・館野守男によると―「大本営発表」（『『文芸春秋』にみる昭和史　第一巻』、文芸春秋、一九八八年）―、それは、午前七時のことであった[5]。また、「夜になって発表された緒戦の戦果は一部の懐疑論を吹きとばして国民を狂喜させ」た、とあるが、無論、その「緒戦の戦果」の中に真珠湾攻撃によるものも含まれる。と言うか、真珠湾攻撃による戦果は、「緒戦の戦果」の代表的なものであった。なお、「緒戦の戦果」は、少し詳しく言うと、開戦の日の午後から夜にかけて、そのあらましが、主に何回かのラジオ放送によって国民に伝えられた[6]。

太平洋戦争開戦直前の日本の社会は、泥沼化していた日中戦争、その解決のためのものだったが、結果、行き詰まり、にっちもさっちも行かなくなっていた日米交渉、これらによって沈滞した重苦しい雰囲気に覆われていた。だが、それが、太平洋戦争の開戦、真珠湾攻撃等による緒戦の大戦果、これらによって見る見る払拭されて行ったのである。これはどういうことであったか。そこには、どういう思想的事情があったか。人々の重苦しい気持ちが晴れて行ったのは、単に心理上の問題に過ぎなかったのか。この辺のことについて、以下、考えてみたい。

阿川弘之が、会田雄次との対談中、開戦の日のことをこんなふうに言っている、（会田編『現代日本記録全集21 太平洋戦争』、筑摩書房、一九六九年）。阿川は、当時、東大文学部二年生だった。

　いつもそんなに早く起きないのに、なにか異様な感じで、軍艦マーチが聞こえてきたんだと思いますが、異様な感じがするので、ふっと枕元のラジオをひねったら、あれです。これはえらいことになったとは思いましたね。三十年近くも前のことなんだけれども、いまもはっきり覚えております。下宿に男の子がいて、いまはもう青年になっているはずなんだけれども、その三つか四つの男の子を抱いて、これはしっかりしなければだめだぞ、しっかりしなければだめだぞといって、なにかうろうろしていたのを覚えている。それからまもなく昼ごろ戦果の発表でしょう。そうしたら、ぼろぼろ涙が出てきた。これは勝てるとか負けるとかいうよりも、支那事変というものは、はっきりした情報が与えられていないにかかわらず、憂鬱な、グルーミーな感じだったのに、それがなにかすっきりしたような、この戦争なら死んでもいいやという気持ちになったですね。(7)

阿川は、後年、阿川・猪瀬直樹・中西輝政・秦郁彦・福田和也共著『二十世紀日本の戦争』(討論を記録したもの。文春新書、二〇〇〇年)中、同じく開戦の日の話をしている。両者の間には、細かく言えば、相違点も見られる。だが、基本的には同じである。当然のことと言えば当然のことであるが。一部を引用する。

ハワイ大空襲、それを聞いた途端に涙がぼろぼろ出てきた。いままでの鬱陶しい感じがすうっと晴れたような感じでした。(8)

「いままでの鬱陶しい感じがすうっと晴れたような感じでした」とある点に留意したい。このことにふれ、猪瀬が、

これが不思議です、みんなそうなんですね。何かすっきりした、と。高村光太郎の詩が有名ですが。(9)

と応じている。阿川が続ける、「志賀直哉・武者小路実篤・谷崎潤一郎・斎藤茂吉、みんなそうですよ」[10]と。本当に、阿川の言うように、皆がそうであったかどうかは、疑問なしとしないが、当時の文学者を含む大多数のインテリたちがそうであったとは言えるように思う。また、一般大衆のほとんどもそうであったと言えると思う。

私が問題にしたいのは、太平洋戦争の勃発、緒戦の大戦果、これらが人々にもたらした爽快感のその思想的背景である。右の阿川の発言を受け、福田和也がこんなことを言っている。

伊藤整とか、高見順とか、ああいう人たちでさえ日記はもう「万々歳」。やはりペリー以来の近代日本の歴史の中で、やっと米国に一太刀浴びせたという思いがあったのでしょうか。[11]

右に言うような思いをいだいた人は、当時、相当、いたであろう。例えば、亀井勝一郎がこんなことを言っているのである。

今度の開戦のはじめに我が陸海軍のもたらした勝利は、日本民族にとって実に長いあひだの夢であったと思ふ。即ち嘗てペルリによって武力的に開国を迫られた我が国の、これこそ最初にして最大の苛烈極まる返答であり復讐であったのである。維新以来我ら祖先の抱いた無念の思ひを、一挙にして晴すべきときが来たのである、[12]（「以和為貴」、『文芸』一九四二年新年号）。

ただし、福田は、別のところで以下のようにも言っている。

文学者の日記なんか見ると、真珠湾攻撃の日にみんな気持ちがさっぱりする。アジアの仲間のはずの中国とどうして戦争をしているのかという罪悪感が強かったから、英米との戦いが始まると、これはほんとうの敵だということで一気に開放感を持つことができた。(13)

福田のこの線で問題を考えてみたい。その前に、小林の「十二月八日」にふれておく。小林「三つの放送」(『現地報告』一九四二年一月号)が教えてくれる。

「帝国陸海軍は、今八日未明西太平洋に於いてアメリカ、イギリス軍と戦闘状態に入れり」いかにも、成程なあ、といふ強い感じの放送であった。一種の名文である。日米会談といふ便秘患者が、下剤をかけられた様なあんばいなのだと思った。(略)何時にない清々しい気持で上京、文芸春秋社で、宣戦の御詔勅捧読の放送を拝聴した。僕等は皆頭を垂れ、直立してゐた。眼頭は熱し、心は静かであった。畏多い事ながら、僕は拝聴してゐて、比類のない美しさを感じた。やはり僕等には、日本国民であるといふ自信が一番大きく強いのだ。(14)

このあと、「爽やかな気持」(15)で、小林は街へ出たという。で、こんなことを言っている。

やがて、真珠湾爆撃に始まる帝国海軍の戦果発表が、僕を驚かした。(略)名人の至芸に驚嘆出来るのは、名人の苦心について多かれ少なかれ通じてゐればこそだ。処が今は、名人の至芸が突如として何の用意もない僕等の眼前に現はれた様なものである。偉大なる専門家とみぢめな素人、僕は、さういふ印象を得た。[16]

米英との戦争が始まって、小林は、要するにスッキリした気持ちになったと言っているのである。開戦のニュースを聞き、小林は、「何時にない清々しい気持」になったのである。では、どうして、小林は、米英との戦争が始まってそのようにスッキリした気持ちになったのか。文脈からすると、行き詰まっていた日米会談が開戦で終止符を打たれ、結果、その行き詰まりの気持ちが解消されたからではないか、ともされる。それなら、スッキリしたのは単に心理上の問題に過ぎない、となる。だが、実情は違ったのではないか。小林は、こんなことも言っているのである。「『即戦体制下文学者の心』同人座談会」(『文学界』一九四二年四月号)中の発言である。

僕自身の気持ちは、非常に単純なのでね。大戦争が丁度いゝ時に始ってくれたといふ気持ちなのだ。戦争は思想上のいろいろな無駄なものを一挙に無くしてくれた。無駄なものがいろいろあればこそ無駄な口を利かねばならなかった。それがいよいよやり切れなくなった時に、戦争が始まってくれたといふ気持ちなのだ。[17]

また、別のところで、こんな発言もしている。

戦争について楽天的になってゐる人はないだらうか、思想の戦では皆楽天的になってゐる様に見える。滑稽な事だ。[18]

言うところの太平洋戦争が始まって、小林はスッキリした気持ちになったわけだが、それは、その戦争が、「思想上のいろいろな無駄なものを一拳に無くしてくれた」からである。では、具体的には、「思想上のいろいろな無駄なもの」とはどういうものなのか。

『文芸』（一九四一年八月号）に、「実験的精神」と題する小林・三木清の対談が載っている。その中に以下のくだりがある。

三木　進歩の思想に立つと、どんなことでも少しづつやればいいといふことになる。十あるもののうち今日は一つ書いておいて、明日また一つ書けばいいといふやうな考へかたが毒してゐると思ふ。これで畢りといふことになれば、十もってをれば十出さなくちゃならぬ。これは生活態度においてもさうだと思ふ。[19]

小林　さうだよ。例へば弾圧といふことを言ふ。どうしてそんなことを考へて、自分が十五年先に死ぬといふことを考へないのだ。十五年先に死ぬといふことは大弾圧でないか。そんな大弾圧が必ず十五年先に来るのを知らないで、政府が何を弾圧したといふことの刺激で何かの思想が起ってゐるのだよ。まあ言ってみれば、さういふ風な思想の浅薄な起り方、それがいやだね。現代の思想は、一たん石器時代に戻って、又そこから出直す必要があるとさへ言ひたいくらいだよ。[20]

私たちは、早晩、死ぬ。これは生きている私たちにとっての運命である。この運命にちゃんと眼をおかず思想を構築しても、思想はリアリティを帯びない。思想構築にあたって根本的に大事なことは、自己の生死に関する問題をまず主題的に問うことである。このようなことを小林は言っているのである。小林の言葉は正しい。以下のことも言っている。

例えば、大政翼賛会はどうであらうかとか、出版文化協会がどうかとか、さういふところが凡そ現代思想の切掛けになってゐる。さういふ切っかけで起って来る思想が一番切実で現実的な思想だといふ考へ、これがいけない。（略）思想上の問題で差当り大切なものは何かなぞと考へるのは止めた方がよい。話がお目出たくなって、議論がこんがらかる以外に何の益も断じてない。(21)

これらからして、（太平洋戦争が始まり、）「戦争は思想上のいろいろな無駄なものを一挙に無くしてくれた」と、小林は言っているわけだが、その「いろいろな無駄なもの」の中には、「思想上の問題で差当り大切なものは何か」などと場当たり的に考え、そして、思想を構築する、というような低俗な思想の起こり方も入れられていた、とされる。無論、自己の生死に関する問題を主題的に問うという、思想構築上、根本的に大事なことが、そういうところではないがしろにされているのである。太平洋戦争が起こって、誰もが、好むと好まざるとに関わらず、自己の生死の問題を主題的に問わざるをえなくなったが、このことは、思想構築の観点からするなら有意義なことと、小林は言っているのである。太平洋戦争が起こり、小林も、要するにスッキリした気持ちになったのである。

ただし、これは、単に行き詰まっていた日米会談に終止符が打たれ、結果、ともかくそういう気持ちが解消された、晴れた、というようなことでは、真意を言えば、なかったであろう。真意からすれば、思想上の問題における一つの進展が見られるという意識があったのである。

また、ただし、太平洋戦争という新たな戦争の始まりが、それまでの沈滞していた重苦しい日本の空気を一気に晴らしたという時、その空気が、それまでの日中戦争の道義的性格に大きく関係したものであったということを見逃してはならないであろう。そういうことに関しては、小林は疎いのであるが。以下、一時、小林を離れて、考察をすすめる。

第二節　「大東亜戦争」の思想的意味とその批判

『文学界』一九四二年一月号に、河上徹太郎の「光栄ある日—文芸時評—」と題する記事が載っている。その一部を引用する。同号「文学界後記」[22]（河上）によれば、開戦二日目に書かれたものである。

遂に光栄ある秋が来た。しかも開戦に至るまでの、わが帝国の堂々たる態度、今になって何かと首肯出来る、これまでの政治の抜かりない方策と手順、殊に開戦劈頭聞かされる輝かしき戦果。すべて国民一同にとって胸のすくのを思はしめるもの許りである。今や一億国民の生れ更る日である。しかもさうなるのを他から強要されるのではなくて、今述べた眼前の事態がすべて我々をして欣然そこに到る気持を湧き起させてくれてゐるのである。こんなに我々が、陛下の直ぐ御前にあって、しかも醜の御楯となるべく召されることを待ってゐるとは、何といってもかういふ事態が発生せねば気付かなかったものであらう。私は、徒に昂奮して、こんなことをいってゐるのではない。私は今本当に心からカラッとした気持でゐられるのが嬉しくて仕様がないのだ。(23)

また、河上は、同号「文学界後記」中、

僕一人の気持ちをいふと、本誌にも書いた通り、開戦以来非常にすがすがしい気持で、仕事がし易くなった。引続き報道される戦捷のニュースは、一層此の気持に拍車をかけてくれた。(24)

と言っている。要するに、米英等との戦争が始まって、河上もスッキリした気持ちになったと言っているのである。問題は、そういうスッキリした気持ちになった理由である。そこには、思想的問題もあったのではないか。「支那事変」とは違って、「大東亜戦争」にはちゃんとした意義が認められると、少なくとも河上などのインテリたちには、当時、考えられるところがあったのではないか。

ただし、そうは言っても、米英は世界の強国である。戦争の先行きに関し、インテリたちを含め、一部の人々には懐疑論も見られたのである。だが、真珠湾攻撃等による緒戦の大戦果のニュースは、その一部の人々の「懐疑論を吹きとばして」、インテリを含む国民を広く、「狂喜させ、むしろ、米英何するものぞ、という気分さえもおこさせた」のである。留意すべきは、米英等との戦争に、当時のインテリを中心とした人々が、「支那事変」とは違って、意義を見出したのではなかったかということである。

戦後のことだが、先に引用した「文学界後記」中の自己自身の言葉にふれ、河上は、「昭和十年代の『文学

界』編集後記に見る戦時下の同人達」(『文学界』一九七一年六月号)中、

そんなことをいふから私は戦争肯定論者にされるのだが、然しこれは本音で、「事変」以来もたもたした、どっちつかずの暗雲たれこめた空気は本当にたまらなかつた。それが霽れるのならいゝが、その見込みは絶対になく雲は濃くなるばかりで、蔣介石を相手にするとかしないとかいって、それにどう処していゝのか身のおき場のない気持ちである。賽は投げられた。今から思へば戦慄の極みだが、あの国民の運命の決定的瞬間の実感は、現在でも取消す気はないのである。(25)

と言っている。『事変』以来もたもたした、どっちつかずの暗雲たれこめた空気」とは、当時の日本の社会をおおっていた一般的空気であったろう。日米会談の行き詰まりは、そういう空気をより濃くかもし出す一環になったのである。だが、「暗雲たれこめた空気」が、米英等との戦争勃発により、一挙に晴れたというのである。

この辺の事情については、竹内好が詳しく考察している。「近代の超克」(『竹内好全集　第八巻』、筑摩書房、一九八〇年)がそれである。竹内は、その中で、

河上のような形での十二月八日の体験は、例外ではなく、即日予防拘禁された少数者を除けば、むしろそれが一般的であった。河上は「文学界」を代表するだけでなく、かなり広い範囲で日本の知識人を代表している。(26)

と言っている。また、それまでの中国との戦争―いわゆる「支那事変」―が、侵略戦争であったことは、『文学界』同人をふくめて、当時の知識人の間のほぼ通念であった[27]とも言っている。直前のことは、田辺元の以下の発言からも理解される。

日本は成程支那事変の出発点に於て帝国主義から出たが、併しその事には二重の意味があった。単に帝国主義の面のみでなくかかる現象的な面と同時に、そのような指導勢力の進み方に既に満州事変の始めから共鳴出来なかった所の我々の知性や良心が之に伴ってゐた。その意味で丁度我々の愛といふものが肉から出発しながら決して肉をもってよしとせず肉を超えた悩みをもつのと等しかった。我々の良心や知性は帝国主義ではなく人間の道義的悩みに立ってゐた、[28]（一九四二年一二月九日の発言。大橋良介『京都学派と日本海軍―新資料「大島メモ」をめぐって』、ＰＨＰ新書、二〇〇一年）。

また、田辺は、国家も個人同様、道義的存在でなければならないという考えを示している。正にその道義的意味を大東亜戦争に見るという考えを、田辺の弟子・高山岩男が当時、展開している。大東亜戦争の主体者たる当時の日本国家に、高山は道義性を認めたと言ってもいい。高山の思想についてはあとで詳しく考察する。

竹内は、また、

大東亜戦争は、植民地侵略戦争であると同時に、対帝国主義の戦争であった。この二つの側面は、事実上一体化されていたが、論理上は区別されなければならない。日本はアメリカやイギリスを侵略しようと意図したのではなかった[29]。

と言っている。右も参考にして言うことだが、当時、中国との戦争と米英等との戦争とでは質が違うと、インテリを中心とした一部の日本人たちの間で考えられたとされる。後者の戦争には、深い思想的意義があると考えられたということである。「大東亜戦争」が始まって、それまでの「支那事変」で鬱屈していた日本人の心が一挙に晴れたと言う時、その理由は、複数、考えられる。その中には、思想的理由もあったとされる。これは、新たに始まった戦争、つまり「大東亜戦争」に、深い思想的意義を見出すものである。

では、当時、どういう深い思想的意義が、「支那事変」と違って、「大東亜戦争」にはあるとされたのか。この点、詳考したい。以下、いわゆる京都学派の二人の哲学者、即ち、高山岩男と西谷啓治とに着目して、考察したい。彼等は、「大東亜戦争」聖戦イデオロギー構築者として、当時、大いに活躍した。

まず、高山岩男を取り上げる。「総力戦と思想戦」(『中央公論』一九四三年三月号)中、こう言っている。

(大東亜戦争は―引用者注) 米英の帝国主義に対する戦ひである。我と米英とは明瞭に違った世界観の上に立ってゐる。我は道義的世界秩序の思想に立ち、米英は自己の利益のみを中心とする近代的な功利主義的権力秩序の思想に立ってゐる。大東亜戦争は米英的世界秩序に対する戦争、即ち世界秩序の転換戦であり、その根柢に於ては世界観そのものの闘争である[30]。

また、

大東亜戦争は東亜を欧米の桎梏から解放する戦争であるが、単なる解放といふ如き消極的なものには尽きず、同時に東亜新秩序建設の戦争であり、東亜共栄圏建設の戦争である。(31)

と。分かり易く言い直すと、こういうことである。「大東亜戦争」は、領土の拡張や資源の獲得を自国本位に武力を使って行う帝国主義的戦争とは異質である。帝国主義的戦争は、侵略戦争であり、「自己の利益のみを中心とする近代的な功利主義的権力秩序の思想に立っ」た戦争である。米英の行う戦争とは、そういう戦争である。それに対して、我が日本国家は、「道義的世界秩序の思想に立」って、目下、「大東亜戦争」を戦っているのである。そういうことで、欧米の侵略からアジアを解放し、「(大―引用者注)東亜共栄圏」建設を目指しているのである。

私は、高山が道義という言葉を使っている点に注目する。高山は、「大東亜戦争」を「道義的世界秩序」の確立という観点から高く評価するものである。「道義的世界秩序」とは、世界的新秩序であるのだが、これに関係して、高山は、「国民の思想を指導すると共に、進んでは敵の思想をさへ指導し得るやうな思想、このやうな思想にして真に世界の新秩序を建設する力をもつ(32)」と言っている。また、指導に関しては、「功利の次元を超えた高き道義的秩序の原理は、各民族をしてその所を得しめる指導の原理として、我が国が主唱すると共に優れて我が国に存する原理である(33)」と言っている。以下のことも言っている。

指導の立場は対立を一歩超えた高き立場、いはゆる大乗的立場である。力の闘争であり、対立の立場に於ける戦ひに、かかる対立を超えた大乗的立場の如きものがあり得るか、かかる大乗的立場で勝利の如きものが獲られるか、といふ疑問が直ちに起るであらう。然るに対立の立場で戦ひながら、同時に対立を一歩超えた立場に立つことによって、真に敵に勝つことを得るといふのが、我が先祖の達した深き体験的智慧であり、対立超越の大乗的指導の立場から戦争を遂行するところに、我が日本の戦争理念が存するのである。(34)

高山は、同論文中、「道義的生命力(35)」という言葉を複数回、使っている。「大東亜戦争」を高山は、「道義的生命力の発現(36)」と見るのである。だが、果して、そのようなことが本当に言えるのであろうか。以下、「道義的生命力」について、よく考えてみる。この点、高山「歴史の推進力と道義的生命力」(『中央公論』一九四二年一〇月号)が詳しい。以下のことを言っている。

歴史の推進力は一般に力である。時代の転換が国内に於ても世界に於ても、多く闘争や戦争を媒介として行はれてきたことは、その有力な証拠であるといはなければならぬ。併し馬上天下を得ても、馬上天下を治めた例はなく、単なる権力的闘争は或る時代内部の波紋たり得ても、時代を転換するやうな重大な歴史的使命は果したことがないのである。新しく時代を劃する如き転換的な闘争には、常に正義を実現するといふ道義的意義が存してゐる。真実の歴史的戦争は必ず道義的性格を有してゐる。この意味で、歴史の推進力は力にではなく、寧ろ道義の中に存してゐると考へることができる。では、従来道徳といはれたものが果して時代転換の推進力であったらうか。必ずしもさうではない。否、既成の道徳理念を破壊否定するところに、前代を転換せしめる歴史的転換の意義があるのであり、前代の道徳理念を墨守するならば、歴史的転換の行はるべき理由はない。今日は近代社会や近代世界を造った個人的道徳を否定破壊して、新たな社会や世界を造るべき新道徳理念を求めつゝあり、また現にこの理念の予感の上に動きつゝある。[37]

高山の言う「道義的生命力」とは、時代転換の推進力であり、新時代を画する力であるものである。ただし、それは道義的意味をもつものであることに留意しなければならない。また、ただし、単なる道義・道徳とは、その場合の道義は相違するものとされる。そこでの道義の理解は、普通の理性では覚束ないものと言われる。では、どういう理性を用いればよいのか。

相対的な善悪固定の自己固執的道徳理性の立場からは、凡そ戦争といふものは闘争衝動や戦争本能の渦巻として、それ自体永遠の悪なるが如くに考へられるであらう。（略）かく考へる自己固執の理性は実は理性の高貴な機能を失った非理性であり、自らが既に根源的な悪に堕してゐることを知らぬ無明なのである。[38]

高山は、また、「対立の立場を超越することによって端的に善悪として対立する悪の根源を善への発条に蘇生せしめる境、こゝに理性といふものの本質の意義が存する」[39]と言っている。普通、私たちの理性は善悪を対立的に捉える。だが、高山は、両者の対立を超克し、その超克した地平から自由意志で善をなすことを説くのである。留意すべきは、その際、悪の根源たる本能の力を利用すると言う点である。換言すれば、そういうことで、闘争とか、戦争を高山は肯定するのである。

『中央公論』一九四三年一月号に、「総力戦の哲学」と題する座談会―出席者は、高坂正顕・鈴木成高・高山岩男・西谷啓治の四名―の記事が載っているが、そこで、高山は、「本当に悪をなくしうるには、どうしても狭い善悪の

対立を超えたやうな超越的立場、大乗的立場に立つことが必要だと思ふ(40)」と言い、また、

いはゆる平和と戦争―和戦といふものを別々のものにしておいて、そして平和主義だ戦争賛美だといふのは、未だ戦争といふものを正しく捉へた思想ではない。戦争は戦争、平和は平和といふ分析論理的な考に囚はれてゐて、もう一つ上の高いものを見逃してゐる。（略）要するに永久平和論も戦争賛美論も、結局和戦の対立する相対の次元において、戦争か平和かといふ分別の立場で一方を選ぶ低級な思想なんだ(41)。

と言っている。高山は、悪を一方的に否定するものではないのである。それどころか、歴史の建設に必要なものとする。「相対的な善悪固定の自己固執的道徳理性」とは、以下のようなものとなるであろう。即ち、善悪を相対的に捉え、捉えたそれらをそれぞれ独自のものとする。そして、そういう次元における善に固執し、もっぱら悪を忌避する。このような理性を、高山は理性の本義にかなったものではないとするわけである。

では、理性の本義にかなった理性とはどういうものか。それは、善悪を超越したところから、自由意志のもと、適宜、本能の力をも利用し、善をなすていいのものである。そういう意味の理性の観点で、高山は、「大東亜戦争」の肯定をはかるのである。そこでは、「大東亜戦争」は、「道義的生命力の発現」としてのものとされ、そして、新時代を画するための戦争、つまり、近代の超克のための戦争とされるのである。

高山は、また、「歴史の推進力と道義的生命力」中、「八紘一宇を標榜し、各民族その所を得るを新秩序の原理とする我が国が、ヨーロッパ的な近代的原理の克服を意図してゐることはいふまでもない(42)」とも言っている。「八紘一宇」について考えておく。この言葉は、「大東亜共栄圏」という言葉と深く関係する。まず、「大東亜

共栄圏」という言葉について言及する。一九四〇年七月二六日、第二次近衛内閣が成立した。その外相に就任したのは松岡洋右だったが、桶谷秀昭『昭和精神史』(文芸春秋、一九九二年)によると、彼が、同年八月一日、就任記者会見の席上、使ったのが、その言葉の公の場での使用の最初という。(43) その記者会見の一部を当時の新聞—一九四〇年八月一日付けの「大阪朝日新聞」(夕刊)—から引用する。見出しに、「松岡外務大臣談」とある。

私は年来皇道を世界に宣布することが皇国の使命であると主張して来たものでありますが、国際関係より皇道を見ますれば、それは要するに各国民をしてその処を得さしむることに帰着すると信じるものであります。すなはちわが国現前の外交方針としてはこの皇道の大精神に則りまづ日満支をその一環とする大東亜共栄圏の確立をはかるにあらねばなりません。

右は、同新聞によると、同日、内閣から発表された「基本国策要綱」中の外交方針を「敷衍説明」したものであった。同新聞に、「基本国策要綱」の全文が載っている。その中の一部、「一、根本方針」を左に掲げる。

皇国の国是は八紘を一宇とする肇国の大精神に本づき世界平和の確立を招来することをもって根本とし、まづ皇国を核心とし日満支の強固なる結合を根幹とする大東亜の新秩序を建設するにあり、これがため皇国自ら速に新事態に即応する不抜の国家体制を確立し、国家の総力を挙げて右国是の具現を邁進す。

「八紘を一宇とする」という言葉が出ているが、熟語の形では、「八紘一宇」と言われるものである。語源について言えば、『国史大辞典　第十一巻』（国史大辞典編集委員会。吉川弘文館、一九九〇年）中、「八紘一宇」（三輪公忠執筆）の項に、以下のようにある。

『日本書紀』神武天皇即位前紀の橿原奠都の令に「兼六合以開都、掩八紘而為宇、不亦可乎」と見えている。明治末年、日本国体学を提唱した田中智学の造語とされる。

当時、「八紘一宇」と同義の言葉として、「八紘為宇」という言葉も使われたが、右の『日本書紀』のくだりは、「八紘為宇」の語源の説明として、正にふさわしいものと言えるであろう。「八紘一宇」は、語源的には、正しくは、右の『日本書紀』のくだりを踏まえた上での、田中智学の造語とすべきもののように思われる。この点、里見岸雄『八紘一宇』（一九四〇年、錦正社）中の、「（田中智学は―引用者注）大正二年三月十一日号の『国柱新聞』紙上、『神武天皇の建国』の続稿中に『八紘一宇』と用ゐたり[44]」とあるのが参考になる。これが最初の「八紘一宇」という熟語の用例と言うわけである。（なお、確かに、同新聞中、「八紘一宇」の言葉が出る）。また、続けて、「爾後、昭和十四年十一月太寂に還帰する迄、父はこの語を強調使用する事、著書、論文、講演等を通じ何百何千回なるを知らず、又全国に散在する数千の門下、『八紘一宇』の語を宣説すること、実に壮烈を極めたり[45]」とある。

さて、要するに、高山の論は、当時の国策を念頭において、かつ肯定して、展開されたものであった。ただし、一般論的に言って、国策を肯定したからと言って、直ちに悪いとはならないであろう。この辺のことについては、よく考えてみなければならない。高山は、「八紘一宇を標榜し、各民族その所を得るを新秩序の原理とする我が国」と言っているわけだが、無論、これは当時の日本国家の国策を肯定してのものである。

先の「総力戦と思想戦」中、

功利の次元を超えた高き道義的秩序の原理は、各民族をしてその所を得しめる指導の原理として、我が国が主唱すると共に優れて我が国に存する原理である。（略）近代世界はヨーロッパ風が一色に塗り潰すやうな世界であった。このことはヨーロッパ近代の原理が功利的・理智的のものであったことに由来している。功利や理智は人間に通有な未だ低き一般的人間性をなすものである。道義的世界原理はかかるものとは異なり、各民族本然の優秀さを生かし、相違の根柢に深奥な統一性を実現するやうな働きでなければならぬ。(46)

とある。また、「東亜共栄圏の倫理性と歴史性」（座談会。出席者―高坂正顕・鈴木成高・西谷啓治・高山岩男。『中央公論』一九四二年四月号）中、高山のこんな発言がある。

国際的な帝国主義と国内的な闘争の原理は、つまりは一つの根本原則を為してゐる。所が日本が今世界に宣言してゐる万邦おのおのその所を得るといふ原理は、これとは根本から違ったものであると思ふ。この原理は世界新秩序の原理であると同時に、国内における社会新秩序の原則になるものだ。（略）今までは直ぐ自由平等と一緒に云はれたが、自由と平等とはすぐ結びつく筈がない。自由競争の結果は必ず不平等だし、平等にしようとするなら自由を束縛する外ない。個人主義的自由主義の根本の矛盾はこゝにあるので、近代で弱肉強食の権力的事実と人格平等の倫理的理想とが、結局結びつかなかったのもこゝから来ると思ふ。（略）モラリッシェ・エネルギーを基礎とするやうな倫理が是非指導的なものとなる必要がある。万人や万邦が所を得るといふのは、さういふ意味の新しい倫理の原則となるものだと思ふ。（略）人は生まれ乍ら自由平等といふことから出る人格倫理と違って、人はそれぞれその所を得べきものといふことから出る「人倫」の倫理ともいふべきものが妥当なんで、かういった倫理思想は従来東洋の中に生きてゐたやうに思ふ。(47)

要するに、高山は、各人・各民族・各国家をして、それぞれ「所を得しめる」ことを考えていたのである。そのことが高山流の倫理の内実だったのである。そのことが、「道義的生命力」と言う時の道義の内実だったとしても、無論、いい。また、そういう「道義的生命力」の正に発現として、高山は、「大東亜戦争」を捉えていたのである。また、そういう意味の倫理思想が、「従来東洋の中に生きてゐたやうに思ふ」とも言っている。ただし、正しく現に息づいているということでは、アジア諸国中、日本国家のみであり、だから、日本国家は、アジアの諸国、諸民族の指導の使命を担っている、ともされるのである。高山流の倫理（道義）について、さらに考えてみたい。「歴史の推進力と道義的生命力」中、こんなことを言っている。

二千六百年の不動の国史をもつ所以は、柔和善順の玉と剛利決断の剣とを中に籠らす神鏡正直の精神に存する。潑溂たる道義的生命力の根源は我が国体の精神にあるといふべく、天壌無窮を約束せられた神勅と共に三種神器の現存する我が国は、この道義的生命力を失ふことなき国柄であると信じなければならぬ。(48)

日本国家の国体の精神は、「道義的生命力」の原理たるものと言う。だが、そういうことであるとしても、現実の日本国家が、その原理の現れとして存在しえているかどうかは、また、おのずから別問題であろう。そこには、現実の（日本）国家のありようについての然るべき検証が必要である。高山がその検証について問題意識をもっていたとは、けだし、されない。

ところで、私は、栄沢幸二『『大東亜共栄圏』の思想』（講談社現代新書、一九九五年）から多くのものを学んだものだが、その中に、高山の論―理論・思想と置換してもいい―の意義についてのものがある。栄沢はこう言っている。

高山岩男が批判した米英的世界観とは、近代西洋に生まれ、その後世界的な広がりをみせることになる自由・平等の観念を基本原理とする自由主義的な世界観のことであった。彼は、個体の絶対性、つまり個に至高の価値をおき、個の自己発展や自律を重視する個人主義的な立場に立脚する米英的世界観に内在する「自由」と「平等」という、二つの原理相互間の一方を徹底させれば、他方が否定される関係になる矛盾をえぐり出した。そして彼は、「無制約の状態」（拘束の欠如）という意味の自由観が、現実には優勝劣敗・弱肉強食の自由競争を生み、さらには力の原理に立脚する帝国主義を現出させる、思想内在的な諸関係ないし限界を明らかにしたのである。高山のこの批判は、西洋近代の、自由とは他人の権利を侵害しない限りなにをしてもいい権利であり、平等とはこのような利己的な権利としての自由の平等ないし権利の平等を意味するというような、利己的な自由・平等観や、このような個人の自由の実現に第一義的な価値をおく、利己的な自由主義の矛盾と、その歴史的な所産としての欧米帝国主義のはたした役割の一面を暴露するものであった。この限りでは、彼の批判はあたっていたとみていい[49]。

では、高山の問題点は奈辺にあったか。栄沢は、この点、「アジア民族解放の思想と矛盾する日本の植民地や南洋の占領地支配[50]」という現実の日本国家のありようを、高山が、道義を重視する自己の思想から批判することを怠った点とする。私も同様に思う。以下、高山の論に即して、その問題点の追究を行う。高山は、欲望を―また悪を―一方的に否定するものではない。それどころか、歴史を建設する上で必要なものとする。戦後間もない頃、書かれ―末尾に、「昭和二十年秋」と擱筆の時期が記されている―、発表された高山の論文に、「所の倫理」(『哲学季刊』一。秋田屋、一九四六年四月）というのがある。その中で、「最近我が国で道義的秩序を表現する場合、万邦兆民をして所を得しむといふことを言うたが、この所を得る或は所を失ふといふ道義的観念は古くより我が国に存[51]」したと言っている。存して現に息づいていると言うわけである。また、「凡そ人間がその所を得ることが人倫的秩序の意義をなすものであり、人倫の秩序に道義が顕現せられるのであるから、広く道義の根本を所を得るといふ点に置く観念は何等かの形で古今東西の倫理思想に見出される[52]」ものと。また、「自然万物にも所を得るといふことが妥当する[53]」と。

総括的に言えば、高山は、各人・各民族・各国家、また各自然物、が、それぞれ、「所を得る」ことを重視したのである。「所を得」てそれらがある時、それらは、それぞれ倫理的秩序を得てあるとしたのである。また、私たちが、対象が「所を得」べく働くことは、倫理の本質にかなった、世界性をもった倫理的行為とした。そして、そういう次元の倫理観が、我が国には古来からあり、現実に息づいている、と。

今、「道徳的生命力」について考えてみると、即ち、対象が「所を得」べく私たちが働くことが、その発現とされるものである。高山は、人間の欲望とか悪を一方的に否定するものではない。このことは、「道義的生命力」と言う時の「生命力」と関係したことである。一方的にそれを否定するなら、その「生命力」まで正に否定することになるのである。欲望に関係した以下の発言もある、「我々人間が主体として環境に働きかけるポイエシスの業は徒らなる欲望の業でなく、万有に所を得しめる道義的活動として宇宙造化の一環をなし、所謂天地の化育を賛し、以て神の天地開闢の業を地上に連続するものと考へ得るのである」(54)。「徒らなる欲望」とある。無論、そうではない欲望こそ問題である。では、そうではない、肯定される欲望とはどういう欲望か。高山はこんなことを言っている。

倫理とは欲望を殺す立場でなく欲望を活かす立場である。倫理的精神は欲望と同一次元の立場で欲望を否定するのではなく、欲望より一段高き次元の立場で欲望執着の欲望を断つのである。こゝに於て倫理的精神は欲望に対して活殺自在の立場を得る。(55)

倫理とは、「欲望を活かす立場」である。ただし、そういう立場に立ちうるものは、欲望から絶対に自由になった無我的存在者でなければならない。絶対に自由になるとは、必要に応じて自由に欲望を発揮しうるということでもある。また、「事あらば潔く欲望を断(56)」ちうるということでもある。こういうことだと、無我ということが大きく問題になってくるであろう。高山は、この点、「所の倫理」中、以下のように言っている。

所の秩序を創造する道義力は実に無我に存すると言はねばならぬ。道義は実に無我といふ個の主観態を通じてのみ顕現せられるのである。（略）無我の道義性なくして所の倫理が実現せられることはあり得ず、道義の客観的実現態たる所の秩序は常に無我といふ道義の主観態を通じてのみ建設せられるのである。[57]

また、「歴史の推進力と道義的生命力」中においても、「道義的生命力」について、「無我の精神[58]」を孕んだものと言っている。また、「道義的生命力の根源は無底である、即ち絶対無である[59]」とも。これらからして、「道義的生命力」とは、当体が、仏教で言う「空」、哲学で言う「絶対無」、そういった勝義の立場に、それも正しくは心身の全体を賭して、転換することを外しては考えられないものとされる。では、高山自身はどうであったか。果して、高山は、自己に即して、そういう勝義の立場への転換の問題を問うたであろうか。高山は、心身の全体において、あるいは、その一部において、そういう勝義の立場に転換しえていたのであろうか。高山の書いたものからして、この点、いずれも否と言う他はない。つまるところ、ただ、ドグマチックに話をしているだけのことと私には思われる。

直前のことと関係することだが、高山の書いたものに、自己や、自民族・自国―これらの道義性を主題的に問うという問題意識は見当たらない。そういうことなら、「大東亜戦争」は、「道義的生命力の発現」としてあるといくら力説しても、所詮、それは時局便乗主義者の言説の範疇を出ないものとなるであろう。

さて、既出、栄沢は、以下のことも言っている。西谷啓治に関するものである。

西谷啓治は、各民族に各々その処を得しめる八紘一宇の理念は、「国家的自利」中心の見地を否定する「自利利他の立場」にあるとする。すなわち他民族・他国家などの他者の利益のために尽くす利他行の実践が、とりもなおさず自国の利益（自利）になるという意味の、「自利即他利」の立場を表明していた。そして「恣意の小我」ないし「利己主義の我の滅却」という「滅私」に努めつつ職域で奉公することこそが、滅私奉公であると説いていた（「近代の超克私論」『近代の超克』）。彼の課題も、その力説した原理に立脚する現状批判をいかに徹底させるかにあったはずである。(60)

栄沢の言葉には、基本的に同意すべき点があると、私は思う。以下、西谷に着目して、具体的に問題を考えてみたい。高山に比べ、西谷には自己凝視の点で見るべき点があるように、私は思う。そもそも「道義的生命力」を問題にする時、自己凝視は、けだし、ないがしろにできないものである。既出、座談会「総力戦の哲学」中、西谷がこんなことを言っている。

（戦争は―引用者注）ナポレオン戦争以来国民国家の戦争といふ意味のものとなり、そこに新しい戦争と形態が現れた訳だ。しかしその形態といふものは結局、前の大戦で一段落に来たのぢゃないかと思ふ。前の大戦はやはりまだ植民地の再分割とか資源の争奪とか、さういふ動機を基礎としてをり、それだけに止まってゐたと思ふ。だから国民全体の戦争とはいっても、畢竟は経済的動機、それも交戦国各自の自国中心的な経済的動機が主になってゐて、その意味で帝国主義的といはれる所以もあったと思ふ。ところが、今度の戦争の非常に違ふ点は、それが国民国家としての戦争であると同時にそれが他方で全く新しい積極的な動機を含んでゐるといふ点にあるといへる。つまり自分一国の存亡だけでなくて、その存亡が、共栄圏を建設するとか、世界に新しい秩序を建てるとかいふことに結びついてゐる。そのことは、国民国家としての戦争とい

ふ事自身が新しい意味のものとなってきたと言ってもいゝかもしれない。(61)

戦争は、「ナポレオン戦争以来国民国家の戦争といふ意味のものとな」ったが、その場合、その動機は、自国中心主義に基づく経済的なものであった。だから、以前の国民国家の戦争は、帝国主義に基づく戦争の意味を事実上、もった。だが、目下、日本国家が行っている「(大東亜―引用者注)共栄圏」戦争」は、単純にそういう意味の国民国家の戦争とはされない。これは、「(大東亜―引用者注)共栄圏」建設のためのものという意味ももち、また、「世界に新しい秩序を建てる」ためのものという意味ももつのである。また、「(大東亜―引用者注)戦争」を戦っている日本国家の存亡は、「(大東亜―引用者注)共栄圏」の建設の成否、「世界に新しい秩序を建てる」ことの成否―これらとも一体化している。こういったことで、「(大東亜―引用者注)戦争」は、従来の国民国家の戦争とは大いに違ったものとされる。以上のようなことを西谷は言っているわけである。

ただし、西谷も、問題の本質的解決を全的にはかったものとは、結局、されない。この点、高山と同じと言えば同じなのであるが、厳密に言うと、西谷は、高山に比べたら自己凝視の点で見るべき点があると言える。自己凝視は、真の自己の何たるかの解明に繫がる。真の自己とは何かを問い、真の自己をその心身の全体を賭してみずから追究してみる―こういったことがなければ、問題の本質的解決は、けだし、望めないのである。

西谷は、くだんのように、「大東亜戦争」をそれまでの戦争とは違い、思想的に意義のある戦争として評価した。その際、西谷は、日本国家の国体の精神をもちだす。そういうことでは、高山も同じなのであるが、ただし、西谷の場合、自己凝視の点で、高山より深いものがあるのである。以下、具体的に考えてみる。西谷は、「『近代の超克』私論」(『文学界』一九四二年九月号)中、こんなことを言っている。

通常「自己」といはれるものは、なほ「有」として恰も物の如く実体的なものと考へられた自己である。然るに、真の主体性はかかる物や心の彼方のもの、其等の否定即ちいはゆる「心身脱落」に現れるものであり、意識的自己の否定いはゆる小我を滅した「無我」、「無心」として現れるものである。[62]

真の自己は、いわゆる自己、つまり意識的自己の否定の極、現れるもので、その自己が、また、真に主体的な自己なのである。それは、心身の絶対的否定においてあるものである。真の自己は、仏教的無我的自己のことである。仏教的な無心さにおいてある自己のこととしてもいい。このようなことを西谷は言っているのである。また、

主体的無としての真の心は、有としての身体や有としての心の絶対否定であると同時に、その有に相即して之を生かす。世界からの自由はそのまま転じて世界のうちへの自由となり得る。[63]

と。真の自己は、西谷の言うように、世界から自由になった自己であり、また、世界と自由にかかわりうる自己である。真の自己は、無論、宗教的自己ともされる。また、当然的に、真の自己は国家をも超える。西谷『世界観と国家観』(弘文堂書房、一九四一年) 中、以下のようにある。

宗教は生死流転の世界からの解脱の道であり、死を超えて死なぬ命を見出す道である。その道は純粋に各個人個人の内面を通ってゐる。宗教はその意味では最も私的な事柄である。滅私といっても、宗教的な滅私

は「私」の最も深い密所で起こる。「我」の根柢に於て我を超えることである。だから、宗教はその最も深い根柢では、国家に於ける公共的生活とすら直接的には結びつかない。然も直接的に結びつかない故に反って、それが再び現実に働く時には、真の滅私から出てくる力を以て奉公し得る。即ち公共生活と最も深く結びつき得る。「公」からも一応離れた「私」の最も深く隠れた根柢から、「私」を滅して「公」に帰るといふ所に、宗教と政治との健全な関係がある。(64)

西谷は、宗教的自己たる真の自己が、国家をも超えた存在であることを知っていた。また、そういう自己が、個人的主観的にしか存在しえないことも知っていた。一応、そういうようなことが言えるであろう。だが、厳密にはどうであろう。「『近代の超克』私論」に再度、眼をおく。

　吾々は吾々が現にあるといふ時、主体としてのその実存の根柢に恒にかゝる主体的無の立場とその自由を蔵してゐるのである。たゞ吾々はそれを自覚しないだけである。それは見たり聞いたりすることから初めて一切の主体的働きのうちに現れてゐる。然も吾々は意識的な自己、「自己」として実体的に「考へられ」た自己を真の自己と考へる故に、吾れに遮られて自覚しないのである。(65)

「主体的無の立場」とは、仏教的無我的自己の立場としてもいいものである。また、そういうものは、意識的立場・意識的自己、これらの絶対否定の結果、生じるものである。ただし、そういった勝義の立場、勝義の自己というのが、本質的に、個人的主観的にしか存在しえないものである点に、重々、留意しよう。西谷は、この点、

どうであったろうか。西谷は、「主体的無の立場」の自覚を説き、そして、

かゝる主体的無の立場の自覚は、もとより甚しく困難なものである。併しその反面にそれは極めて現実的な道であるといふ特色をもつ。即ちそれは、日常の実生活の行住座臥のうちにも努めて履み得る道、一層具体的には各々の職域に於ける仕事のうちに履み得る道である。(66)

と言っている。で、続けて、

ところで、現実的には吾々は一個の国民として生活してゐる。然も国家は個人の恣意的な自由を抑圧せねばならぬ。これは国家の存立にとって不可避の要請である。そこから西洋近世に於ける、個人と国家との間の深い困難が生じたのであった。然も現在では国家はこの要請に於て徹底的であることを迫られてゐる。即ち滅私奉公といふことが強調されてゐる所以である。各人はその職域に於ける努めに於て滅私に努めねばならぬ。滅私とは根本的には、恣意の小我、利己主義の我の滅却を意味する。(67)

と。西谷は、「主体的無の立場」の自覚を説き、そして、その自覚をもって、直ちに現実の自国に対する滅私奉公を説く。だが、これはおかしい。「主体的無の立場」とは、真の自己の立場と言ってもいいものだが、大事なのは、そういう立場への、意識的立場、意識的自己の立場からの、心身を賭した転換である。そして、転換した立場から現実の自国の道義性を問うことである。もっとも、この転換は、生きている私たちにとって、一般に至

難のわざであるのだが。何にしろ、西谷のような考えはいただけない。そういうことでは、自国に対する滅私奉公の意味が論理的根拠をもって出ないのである。

ただし、西谷は単純でない。既述のように、国民国家の欠点を知っていたのである。また、そういうことで理想の国家について考えたのでもあった。『世界観と国家観』中、こんなことを言っている。

　恰も個人に於て、自我がその自己否定性或は無我のうちに、即ち自然的―理性的な通常の存在性を超出した所に、真の自我として出現する如く、国家も自然的―理性的な通常の有り方を超えて自己否定性に中心を見出す新しい有り方に於て、初めて真実の国家となり得ると思ふ。(68)

また、

　現代国家は国家としての構造そのものの根柢に、超国家的な世界性を表現する如き面を開いて来なければならぬ。即ち宗教的な地平を含んで来ることを要求されてゐると思ふ。なぜなら、かくしてのみ現代国家の根柢に潜む問題性、高度の権力と高度の自由との矛盾的統一は解決される筈だからである。(69)

と。これらは、閉鎖的で自国主義的な国民国家に対する批判の意味をもったもので、理想としては、国家は、その成立の核心において自己否定的でなければならないと言うのである。西谷は、その点に、「超国家的な世界性」を見るのである。換言すれば、宗教性を。ただし、西谷は、当時の現実の日本国家に即し、「超国家的な世界性」

を説いたところがある。『近代の超克』私論」中、こんなことを言っている。

大東亜の建設は、わが国にとって植民地の獲得といふやうなことを意味してはならないのは勿論であり、また世界の新秩序の樹立といふことも正義の秩序の樹立の謂である。これは或る意味で世界史的な必然であるが、同時にその必然がわが国に使命として荷はれてゐるのである。なぜなら、その世界史的必然は、わが国が唯一の非欧羅巴的な強国にまで成長し、亜細亜に於けるアングロサクソンの支配に対して対決を迫られたことによるものである。然もわが国のみがアングロサクソンの支配を脱れて強国への成長をなし得たのは、根本に於て、国家としての強固な統一とそれから生じた道徳的エネルギーによったのであり、その同じエネルギーが今や米英と戦ひつゝ大東亜を建設せんとする活動の原動力となってゐるのである。(70)

西谷の言う「道徳的エネルギー」とは、高山の「道徳的生命力」と同義とされるものである。西谷は、「国家のエネルギーは世界倫理を実現するためのエネルギーであり、逆に世界倫理はそれを使命として負はされた国家の道徳的エネルギーによってのみ実現され得る」(71)とも言っている。無論、西谷は、日本国家を右に言う使命を負わされた国家の観点で見るものである。また、こんなことも言っている。

現在の日本は、自己の国家存在の根柢に深い自己否定性と自利利他の立場ともいふべきものを現しそれによって八紘為宇といふ肇国の理念が、歴史的な、然も世界歴史的な、現実のうちの理念となり得、かくして日本が指導的国家としての権威を自らに主張し得るといふ自己肯定に立つものである。従って日本精神の世界性は、現在の現実に於ては、その精神に本来含まれてゐた自己否定即肯定ともいふべき根本のところから現れてくるものでなければならぬ。[72]

これらからすると、西谷は、現実の日本国家を即自的に肯定するものではなかったのではないかとも思われる。つまり、西谷は、言うところの国体に含まれている世界性を当為としてのものとし、その観点から現実の日本国家を批判するものではなかったかとも思われるのである。では、正確なところはどうであったろうか。続けて、「『近代の超克』私論」をもとに考えてみる。西谷は、「清明心を本質とした神ながらの道」[73]をもって、日本国家の国体とするものである。

清明心は私心を滅した時に、現れる心源であると同時に天照大神の御心として国家生命のうちに伝へられ、神達の苗裔としての吾々の血のうちにも流れてゐるといふのである。国民の各人が一介の民草として、然もその心の本源に私心を絶した清明の心を含むといふこと、従って、私心を否定して自らの心源に帰ることによって、一方では奉公の倫理を実現すると同時に、また直下に神の御心に触れ、天地の始は今日を始とするといふ如き創造的自由に立ち得るといふこと、それが惟神の道の根本であるといへる。そこにこの道がかの東洋的な主体的無の宗教性と深く冥合する所がある。[74]

と言っているのである。西谷は、清明心を本質とするところの神ながらの道をもって、日本国家の国体とする。また、その神ながらの道は、「神達の苗裔としての吾々の血のうちにも流れてゐる」と言う。さらには、その道は、「東洋的な世界宗教性(75)」とか、「東洋的な主体的無の宗教性」と言われるものと、根本において冥合する、と。

で、西谷は、人々が、「神ながらの道」という伝統的心性のもと、直接、現実の日本国家に滅私奉公することを説くのである。また、その際、その滅私奉公は、日本国家の伝統的国家的精神からして、同時に世界的宗教的意味をもつものとされる。

だが、私は、こういう西谷の考えに疑問を覚える。仮に、日本国家が、西谷の言うように、「清明心を本質とした神ながらの道」を国体としているものであっても、現実の日本国家がそういう国体のもと、正しくありえているかどうかは、また、おのずから別問題である。別途、検証がいるのである。その検証を可能にするのが、即ち、真の自己である。真の自己をもった個人の存在である。無論、心身の全体を賭して、真の自己の立場に立つことは、私たちにとって至難中の至難の業である。一般に、まず、できないことである。だが、できないならできないで、その自覚ぐらいはもちたい。その点から、私は宗教的生を考えたい。今、私は、親鸞流の浄土教のことを思っている。

第三節　「空」と救済

小林に眼を転じてみよう。初出の「戦争と平和」には、擱筆の日付けが付されている。

（二月十五日）(76)

とある。無論、一九四二年二月一五日のことである。その頃、猶、日本陸・海軍は、目覚ましい戦果を上げ続けていた。開戦以来のことである。しかし、真珠湾攻撃大戦果の報道写真に見入った小林の心は、単純ではなかった。既述のように、〃血湧き肉踊る〃式には、少しも動かなかったのである。小林の写真の印象は、実に冷静なものであった。以下のように言っている。

空は美しく晴れ、眼の下には広々と海が輝いてゐた。漁船が行く、藍色の海の面に白い水脈を曳いて。さうだ、漁船の代りに魚雷が走れば、あれは雷跡だ、といふ事になるのだ。海水は同じ様に運動し、同じ様に美しく見えるであらう。さういふふとした思ひ付きが、まるで藍色の僕の頭に真っ白な水脈を曳く様に鮮やかに浮んだ。真珠湾に輝いたのもあの同じ太陽なのだし、あの同じ冷い青い塩辛い水が、魚雷の命中により、嘗て物理学者が仔細に観察したそのまゝの波紋を作って拡ったのだ。そしてさういふ光景は、爆撃機上の勇士達の眼にも美しいと映らなかった筈はあるまい。いや、雑念邪念を払ひ去った彼等の心には、あるが儘の光や海の姿は、沁み付く様に美しく映ったに相違ない。彼等は、恐らく生涯それを忘れる事が出来ない。そんな風に想像する事が、何故だか僕には楽しかった。太陽は輝き、海は青い、いつもさうだ、戦の時も平和の時も、さう念ずる様に思ひ、それが強く思索してゐる事の様に思はれた。(77)

「太陽は輝き、海は青い、いつもさうだ、戦の時も平和の時も」とある。「太陽は輝き、海は青い」とは、普通は、美しい、可視的な自然の光景を言うのだが、ここでは、第一義的には、歴史の根底にあって、常に救済として働いている、ある何かのその救済の比喩になっている。歴史がどんなに悲惨に展開している時でも、私たちは、そのある何かに救済を受けているというのである。では、そのある何かとは何か。

小林の言葉は、『法華経』の「娑婆即寂光浄土」の思想を思わせる。実際、ちょっとあとに、『法華経』に関係した言葉が出る。以下のようなものである。

　僕は、法華経だったかにあった文句を思ひ出してゐた。正確には思ひ出さなかったが、それは、衆生の眼には劫火と映るところも、仏の眼には楽土と映るといふ意味の言葉であった。あゝいふ言葉は恐らく比喩といふ様なものでは決してないのだらう。僕らの心が弱いので、比喩と受取ってゐるより仕方がない、さう考へる方が本当ではないのか。(78)

「衆生の眼には劫火と映るところも、仏の眼には楽土と映るといふ意味の言葉」が、『法華経』か何かにあったと言っているが、『法華経』、「如来寿量品第十六」中、確かにそういう意味の言葉が出る。「自我偈」―「久遠偈」とも―中、である。釈迦の言葉である。該当する部分は、以下の通り。

衆生見劫尽大火所焼時
我此土安穏天人常充満(79)
（衆生の、劫尽きて、大火に焼かるると見る時も

わがこの土は安穏にして、天・人、常に充満せり）

「天・人」とは、天人と人間という意味。「この土」とは、久遠仏としての釈迦の住む国土のこと。仏国土、（寂光）浄土のこととしてもいい。仏教では、宇宙の生成と消滅に関し、四劫という四つの時期を立てる。成劫・住劫・壊劫・空劫の四つである。（今は住劫）。

また、四劫は輪廻するものとされる。「劫尽きて」とは、壊劫の終末期が到来して、ぐらいの意味。壊劫の終末期、この世を消滅させる大火―劫火と言う―他の大災害が起こるとされる。そこでは、地獄絵さながらの惨状が見られるわけである。だが、そういう時でも、久遠仏たる釈迦の住む国土、つまり浄土は、安穏として少しも変わらないと言うのである。以下のようにもある。

我浄土不毀而衆見焼尽
憂怖諸苦悩如是悉充満[80]
（わが浄土は毀《やぶ》れざるに、しかも衆《もろびと》は焼け尽きて
憂怖《うふ》・諸《もろもろ》の苦悩、かくの如き悉く充満せりと見るなり）

仏の観点と衆生の観点とでは、同一の対象が全く違ったものに受け止められるのである。大事なことは、もろもろの煩悩を断ち切り―もろもろの雑念邪念を払い去り、と言ってもいい―、「空」の立場に、心身の全体を賭して、転換することである。そのように正しく「空」の立場に転換したものを仏と言い、そういう立場からの認識

の観点を仏眼《ぶつげん》というが、仏眼からすれば、私たちのどんな悲惨な状況でも、そっくりそのまま、安穏とした浄土の風光とされるのである。こういうのが、また、正しい意味での「娑婆即寂光浄土」の思想に他ならない。

　ところで、小林だが、くだんのようなことを言う時、彼は、何等かの意味で仏眼をえていたとされる。とは、何等かの意味で、「空」の立場に転換しえていたということである。（心身の全体を賭して、と言うのではない）。

　ただし、この辺のことは細かく考えてみる必要がある。まず、「娑婆即寂光浄土」という時の、その「即」の構造について考えてみる。私たちの常識からすれば、そういう「即」は成立しない。そこには矛盾があるとされ、非論理的として否定されるのである。

　ただし、今、話題にしている論理は、西洋的な論理とされるもので、いわゆる形式論理学的なものである。意識の論理と言ってもいい。仏教の論理は、また、別である。形式論理学においては、思考の三原則として、同一律・矛盾律・排中律を立てる。この三つの原則に従って思考を展開すればこそ、それは論理的とされるのである。だが、そういう西洋的な論理に対して、山内得立『ロゴスとレンマ』（岩波書店、一九七四年）に学んで言うことだが―特には「第十一　即の論理」[81]―、東洋的、仏教的とされる論理もある。このことに関し、山内は、排中律ならぬ容中律というのを説く。排中律は、「あるものは、Aか非Aかのいずれかである」と命題化されるものだが、容中律は、その排中律を逆転させたものである。そこでは、あるものが同時にAでも非Aでもあるのである。また、あるものが同時にAでも非Aでもないのでもある。容中律の点に、山内は、東洋の論理の特徴を見るのだが、就中、（大乗）仏教の論理ということで、後者を重視する。つまり、両否の点を。そこでの論理を両否の論理と言う。

　また、両否の論理における否定は絶対否定とされる。これは、仏教の「空」を念頭において言われるものである。要するに、両否の論理は、仏教の「空」の観点で成立するものである。両否とは、絶対否定である。だから、その否定の絶対性の故に、両否は両是に直ちに転換するものとされる。両否と両是とは、相即の関係にある。「即の論理」とは、その両者の関係性を指して言うものである。

この非西洋的な「即の論理」をもってして、初めて、「娑婆即寂光浄土」の思想の論理的理解が可能になると言える。

ところで、この「娑婆即寂光浄土」の思想に関係して、曽我量深が、「影現の国と応現の国」(『曽我量深選集第三巻』、弥生書房、一九七〇年）中、こんなことを言っている。

『法華経』が常に地上の平面の世界を示すに対すれば『大無量寿経』は深き立体の世界を示して居るものである。（略）娑婆即寂光と云ふことは主観の大展開の上に、始めて意義ある文字である。応現の仏陀なる釈尊が「自我」と称するものは決して刹那的な我でなくして、刹那を超越して、内に永久に影現する所の現実の主観を示すものでなくてはならぬではないか。(82)

「娑婆即寂光」は、「娑婆即寂光浄土」というのに等しい。曽我は、そういう言葉が意味をもつのは、主観的な心においてであると言っているのである。曽我は、また、「真実の信仰は内観の事実に基かねばならぬ。真の現実は主観的でなければならぬ(83)」とも言っている。

曽我流の主観的な心について、「影現」・「応現」という言葉に着目して考えてみよう。

親鸞の『三帖和讃』中の「浄土和讃」中、

無明の大夜をあはれみて
法身の光輪きはもなく、
無碍光仏としめしてぞ
安養界に影現する。(84)

とある。「影現」という言葉が出る。続けて、同じ「浄土和讃」中、

久遠実成阿弥陀仏
五濁の凡愚をあはれみて、
釈迦牟尼仏としめしてぞ
迦耶城には応現する。(85)

とある。ここには、「応現」という言葉が出る。これらについて、長谷正當が、『欲望の哲学―浄土教世界の思索―』中、以下のように言っている。

　釈迦如来が迦耶城に応現するのに対して、阿弥陀如来は安養界に影現するといって、二つの現れの仕方の違い、釈迦如来とは異なった阿弥陀如来の現れ方に注目しています。この二つの現れの違いを明確にし、混同しないことが、宗教的世界の固有性、信の特質を明らかにするうえで不可欠なことであると思います。(86)

また、

応現ということで示されるのは、歴史的世界に客観的に出現した存在や人物であります。釈尊がそのような存在です。釈尊は、歴史的世界において客観的に場所を占めるカピラバットゥの都城に生まれた実在上の人物として「応現存在」です。(87)

と。釈迦のような歴史的に実在したとされるもののその存在性が応現である。客観的、対象的に、確かにあるとされるもの、あったとされるもの―これらのものの存在性を言うとしてもいい。では、影現という存在性とは、どういうものか。

安養界とは浄土のことですが、浄土は歴史的・客観的に存在する場所ではないとすると、それは我々の内面的世界に出現するのでなければならない。阿弥陀如来は応現存在ではないので、これを客観的・対象的に見ることはできない。我々はこれを自己の内奥において静かに瞑想し憶念するのみである。要するにそれは観念である。そのような観念としての阿弥陀如来が瞑想され、憶念される場所、浄土が出現する内面的世界が「地下観念界」であるといわれるのです。それが地下観念界といわれるのは、意識界と無意識界とが重なりあうところ、意識が無意識に溶け込むところにおいて、阿弥陀仏が憶念されるからであります。(88)

「地下観念界」とは、曽我「影現の国と応現の国」中、出る概念である。(89) 阿弥陀仏という観念は、私たちの主観的な心の深奥において、瞑想・憶念されるものである。そういう瞑想・憶念をもって阿弥陀仏が現れるところが、「地下観念界」である。無論、今、曽我流の主観的な心を思い合わせていい。「地下観念界」は、安養界、また、浄土と称してもいい。影現という存在性は、阿弥陀仏のようなものの存在の性格を言うものである。[90]長谷は、また、以下のことを言っている。

宗教的信の対象が超越的存在であっても、それは自己の外ではなく、自己の内に自己を超えたものでなければなりません。自己の内に現れるところに影現という現れの固有性があります。したがって、影現の世界とは内面の世界、情意の世界です。応現する釈尊に我々は外界において出会いますが、影現する法蔵菩薩や阿弥陀如来に我々は自己の内面において出会うのです。それゆえ、阿弥陀如来に触れるということは、自己の内面へと降りてゆくことであり、内面的世界の深みにおいて自己を超えたものに触れることです。阿弥陀如来の影現は情意の世界の深みにおける出来事です。[91]

また、長谷は、影現するものを「イマージュ」として出現する、とも言っている。[92]とは、影現の世界とは、個人の主観的な心の深奥を言うのだが、また、情意の世界、イマージュの世界とも言われるものということである。

先に、私は、「即の論理」をもってして、初めて、「娑婆即寂光浄土」の思想の論理的理解が可能になると言った。とは、そういうところでの論理の成立のためには、仏教の「空」の観点をもつ必要があるということ、とも言った。ところで、本当に生きている人間に、心身の全体を賭して、「空」の立場に転換するというようなことが可能なのであろうか。私には疑問に思われる。少なくとも、難中の難と思われる。曽我が、この辺のことに関係して、「往生と成仏」(『曽我量深選集　第十二巻』、弥生書房、一九七二年)中、「自力でもって娑婆世界で修行してそうして成仏するという、そういう力のある者などはそれは特別の人以外にはあるまい、一般の人はそういう願いは成就しない」[93]と言っている。この場合の成仏は、心身一如の形での成仏で、換言すれば、心身の全体を賭けて、この世において、「空」の立場に転換することを言うのである。[94]そういうことは、この世の私たちにとって、まず不可能と、曽我は言うのである。「娑婆即寂光浄土」の思想をこの世において、心身一如の形で我がものにすることなど、まず不可能とも言っている。[95]

曽我は、そういうことで、彼流の主観の心に現れる影現的存在という「空」の方便たるものを重視する。「娑婆即寂光浄土」というようなことも、「空」の方便として、事実上、意味をもつとするのである。阿弥陀仏も浄土も、影現的存在とされる。「空」の方便である。「空」は方便をもってしか、事実上、私たちの話題にならない。方便は、比喩と置換してもいい。ただし、「空」は、比喩でしか自己をあらわさないという意味では、その比喩は、私たちの「空」とのかかわりの上で、絶対的な意味をもつ。仏教で言う方便は、この絶対的な意味での比喩のこととされる。曽我は、影現的存在を媒介にして―とは、一種の実感のもとということだが―、「空」に対して、信の心をいだくところに浄土教があると考えている。ただし、ことは、人間の主観的な心に限った話である。心身一如という形で、「空」に対して信の心をいだくことを、浄土教は、直接、対象にしているわけではない。そのことを曽我は明確に指摘しているのである。

小林は、くだんのように、『法華経』の文句を引用したあと、「あゝいふ言葉は恐らく比喩といふ様なものでは決してないのだらう」と言っている。とは、その言葉の意味するものは、本当の話、実在性のある話ということである。次いで、「僕らの心が弱いので、比喩と受取つてゐるより仕方がない、さう考へる方が本当ではないのか」と言っている。

では、強い心とはどういう心なのか。これは、今の場合、信じるという意志を伴った心を言うのである。信じるという意志の伴わない、単に認識だけの心では、「娑婆即寂光浄土」というような言葉の真意を理解することはできないのである。

小林は、「太陽は輝き、海は青い、いつもさうだ、戦の時も平和の時も」と言ったあと、「さう念ずる様に思ひ、それが強く思索してゐる事の様に思はれた」と言っている。「さう念ずる様に思ひ」とは、単に思うのではなく、信じるという意志を伴った思索を言うのである。小林流の強い心、強い思索、これらは信じるという意志を伴ったものとされる。

ただし、信じると言う時、事実上、心身一如の形で言う場合と、心に限って言う場合とがある。後者の場合、人間の心理の世界に限って、「空」に対して信の心をいだくものである。浄土教はこのたぐいである。無論と言うべく、小林の場合、後者であった。小林は、そんなに強い人間ではない。このことは、小林自身に自覚されていた。

小林は、自己の（曽我流の）主観的な心に、「空」の絶対的な意味での比喩とされる、「太陽は輝き、海は青い」という美しい感動的な光景をいだいたのである。そして、その光景をもって、一種の自然さにおいて、「空」に対して信の心をいだいたのである。心身一如ならぬ、心理の世界に限った話ではあったが。私は、小林のような信の心をもつことが、事実上、真の自己の成立と考える。もっとも、厳密には、心身一如の形で、全的に「空」の立場に転換しえぬものの自己自身の機根に対する悲しみが、同時にそこにはうかがわれるのではないかと思われるのだが。この点、小林の場合、はっきりしない。

因に、江藤淳は、「小林秀雄」(『江藤淳著作集　3』、講談社、一九六七年)中、今、問題にしている自然の光景の先駆をなすものが、一九二七年、小林によって書かれた、「未発表断片」[96]中、見られると言っている。関係のくだりを江藤同書から引用する。

僕はあさって南崎[97]の絶壁から海にとび込むことに決ってゐる。決ってゐるのだ。僕はあさってまでの事件が一つ一つ明瞭に目に浮ぶ。太平洋の紺碧の海水が脳髄に滲透していったら如何なに気持ちがいいだらう。僕はまだ死なないでゐる。何故かといふと死ぬと決った日には、曇ってゐたのだ。僕は晴れた美しい空を目に浮べてゐた。処が目をさますと曇ってゐたのだ。それで何もかもめちゃめちゃになった。又僕はやり直す事にする。[98]

江藤は、この辺のくだりを踏まえ、「戦争と平和」中の「藍色の海」・「真っ白な水脈」、これらが意味する光景には、かつて、「小笠原の南崎の断崖から眺められた光景がにじみ出ている[99]」と言っている。また、

小林秀雄における「青い空と海」は、あたかもマラルメにおける《azur》のように「死」を、非現実を、あるいは絶対を示す象徴である。以後、ふたたび想念の世界に沈んで行くこの「青」の主調音は、この遺書体の断片においてはじめて獲得された。[100]

と。江藤の言うように、小林「戦争と平和」中の、晴れた空、青い海、というような自然の美しい光景は、「絶対を示す象徴」ともされる。だが、しかし、そういう自然の美しい光景に対して、かつて「小笠原の南崎の断崖から眺められた光景がにじみ出ている」と言うのは、曖昧といえば、正に曖昧な話である。

「遺書体の断片」中の「青」は、小林の全存在を支える、というようなことは、ともかく言えるであろう。そこで、小林は、空が青かったら死ねたと言っているわけだから。ただし、そこでの「青」は、肉眼で見える自然の光景としてのものである。それに対して、「戦争と平和」中の「青」は、肉眼ならぬ心眼でのものなのである。心眼で見る、それでしか見えない「青」、と言ってもいい。肉眼で見える「青」を問題にしているところでは、小林は、所詮、単に美的主観的な存在でしかない。だが、心眼で見る、それでしか見えない「青」は、絶対に超越的なある何かの救済性の比喩としてのものであり、そういうところでは、小林は、その絶対に超越的なある何かを信じるという、人間としてすぐれた行為に出ているのである。江藤の場合、「遺書体の断片」中の「青」と、「戦争と平和」中の「青」との質の違いをきちんと見極めているとはされないのである。

ところで、小林は、『法華経』に関する話をしたあと、「戦場は楽土である、兵士等は仏である、何がパラドックスだらうか[101]」と続けている。だが、現行のものでは、この部分、「戦場にある人達が仏の眼を得たと言ふのではないが、日常生活の先入観から全く脱した異常に清澄な眼を得てゐるといふ事も考へられやしないか[102]」となっている。戦後、書き換えたわけである。それは正しいと思われる。

また、ただし、初出に見られるその言葉を軍国主義時代の風潮に迎合してなされたものとは、少なくとも単純には、言えない。ちょっとあとに、こうあるのである。

戦争文学と戦争の文学的報道の氾濫が、国民の勇気を鼓舞してゐるなどと思ったら飛んだ間違ひであらう。さういふものは、人々の戦争に関する空想を挑発し、戦争の異常性に就いて無要な饒舌を弄する足しになってゐるだけである。戦争ファンといふ怪物、正銘のパラドックスは、そちらにある、と言った方がいゝ。(103)

小林が、戦時中、くだんのように言った理由は、単純なものではなく、実際に戦場に出て生死を賭けて戦うものに厳粛さを覚えるということがあったのではないかと思われる。また、実際に戦うものとそうでないものとの間にある深淵な溝を小林は知っていた、とも。だからこそ、小林は、当時、横行していた安っぽい戦争文学や戦争の文学的報道に批判的であったのである。

だが、それは、当時の政府に是認されることではなかった。

第四節　言論統制と小林秀雄

小林の「戦争と平和」は、時の政府の意向にマッチしたものではなかった。河上徹太郎『わが小林秀雄』(昭和出版、一九七八年)中、小林の「戦争と平和」を「情報局は態度が不謹慎だと非難した」(104)とある。

ここで、情報局についてふれておきたい。正式には内閣情報局と言う。まず、内川芳美・新井直之編『日本のジャーナリズム』（有斐閣、一九八三年）に学ぶ。一九四〇年一二月六日、「日華事変の長期化にともない、政府は戦時体制を強化するため[105]」、「強力に国家的報道・宣伝の一元的統制をはかる[106]」必要を覚えた。それで、それまでの「内閣情報部を廃し、外務省情報部・陸軍省情報部・海軍省軍事普及部・内務省警保局図書課の事務を統合し[107]」、内閣情報部を新設した。

一般に対しては、「内外への報道・宣伝、情報蒐集、新聞・雑誌・出版、放送・映画・演劇・レコードなどのマス・メディアに対する検閲・取り締まり、各種の思想・文化団体の指導にあたっ[108]」た。

また、茶本繁正『戦争とジャーナリズム』（三一書房、一九八四年）によれば、「内閣情報局は五部一五課に分かれ[109]」、「五部のうちの第一部は企画、情報、調整をつかさどり、第二部は新聞通信、雑誌出版、放送などの国内報道にかんする事項、第三部は対外報道、宣伝、および文化工作にかんする事項、第四部は検閲および編集にかんする事項、第五部は対国内文化、宣伝および関係団体にかんする指導を所管した[110]」。

ところで、三枝《さえぐさ》重雄『言論昭和史―弾圧と抵抗―』（日本評論新社、一九五八年）によれば、「情報局第二課」は、太平洋戦争勃発の翌日、つまり一九四一年一二月九日、各出版社に対し、「世論指導方針」を示達した。この「世論指導方針」は、『現代史資料41　マス・メディア統制2』（みすず書房、一九七五年）中の「資料解説[111]」によれば、一九四一年一二月八日、即ち、太平洋戦争開始の日、政府が決定した「日英米戦争ニ対スル情報宣伝方策大綱[112]」に基づくものとされる。「太平洋戦争開始当初の情報宣伝、世論指導はこれにもとづいて実施されることになった[113]」のである。

同書から同大綱の一部を引用する。「第二　基本綱領」中の「基本方針」中、「二」の部分である。即ち、「二、左ノ趣旨ニヨリ我ガ必勝ノ道義的根拠ヲ明ニス」とあったあと、

㈠　皇国ノ権威ト大東亜ノ生存トヲ確保スル為ノ已ムニ已マレザル戦争ナルコト。
㈡　敵国ノ利己的世界制覇ノ要求ガ今次戦争ノ原因ナルコト。
㈢　皇国ガ世界新秩序ヲ建設セントスルハ八紘為宇ノ大訓ニ基キ万邦ヲシテ各々其ノ所ヲ得シメ兆民ヲシテ悉ク其ノ堵ニ安ンゼシムルニ在ルコト。(114)

とある。右は、三枝が引用し、問題にしている、一九四一年一二月九日、「情報局第二課」が各出版社に対して示達した「世論指導方針」中の、「一般世論の指導方針」を如実に思わせるものである。三枝書から、その「一般世論の指導方針」を再引用する。

一般世論の指導方針
一、今回の対英米戦争は、帝国の生存と権威の確保のためまことにやむを得ず起ち上った戦争であると強調すること。
二、敵国の利己的世界制覇の野望が戦争勃発の真因であるというように立論すること。
三、世界新秩序は「八紘一宇」の理想に立ち、万邦おのおのそのところをえせしむるを目的とするゆえんを強調すること。(115)

三枝の言う「情報局第二課」とは、第二部第二課のことであろう。既出、『現代史資料41　マス・メディア統制2』中、「情報局ノ組織ト機能」(116)と題する資料が納められている。それによると、第二課は、複数あるが、第二部第二課こそ、問題の示達に直接関係した課とされる。第二部第二課の職能は以下のようなものであった。「書籍、雑誌等の一般出版物の指導事務を行うと共に新聞雑誌用紙統制委員会の事務を処理する」[117]。

さて、(内閣) 情報局は、小林の「戦争と平和」に対して、「態度が不謹慎だと非難した」というが、確かに、それは、情報局の「世論指導方針」の意向にかなったものとは言いがたいものである。だが、また、反戦思想を趣旨としたというようなものでもない。

くだんの示達には、自国が戦争に勝つためにはどのように言論を統制すればいいか、また、どのように利用すればいいか―こういったことに関する当時の政府の考えが如実に出ている。また、「一般世論の指導方針」中、「三、世界新秩序は『八紘一宇』の理想に立ち、万邦おのおのそのところをえせしむるを目的とするゆえんを強調すること」とあるが、今さらながら、先の高山・西谷の論は、実によく当時の政府の意向に合致したものであったことが知れる。ただし、再言することになるが、その論が政府の意向にかなっているからといって、直ちに悪いと言うわけでは、無論と言うべく、ない。

この際、当時の為政者側の観点で、問題にふれておきたい。平出《ひらで》禾《ひいず》の『戦時下の言論統制』(中川書房、一九四二年) 中、

所謂「言論の自由」は我が帝国憲法の保障するところであって、之れを尊重すべきことは皇国の進歩発展上もとより異論のないところであるが、其の自由なるものも「法律ノ範囲内ニ於テ」許されるものであることも又憲法に明示されて居り、言論の自由は当然皇国の進歩、発展の見地よりする整然たる統制に服することを前提とし、其の範囲内に於てのみ認められるのである。単なる自由は即ち恣意、我慾であって、国家の

進展に寄与する所以でなく、従って又真の意味に於ける臣民の福祉に添ふものとは謂ひ得ないものと考へる。(118)

とある。確かに、「大日本帝国憲法」（『岩波　大六法　一九九三年版』、岩波書店、一九九三年）、「第二章　臣民権利義務」、「第二九条」に、こうある。「日本臣民ハ法律ノ範囲内ニ於テ言論著作印行集会及結社ノ自由ヲ有ス」。(119)ただし、こういったところでは、現実の国家の道義性を正すことはできない。国策はそのまま肯定される。その前提のもとの言論の自由なのである。そこでは、言論人の存在は、本質的に国家に従属したものとなる。

思想、言論の自由、に対する国家の統制について、小林は、「疑惑」（『文芸春秋』一九三九年八月号）中、こんなことを言っている。

個人主義のなかに自我を見付ける様なあんばいに、自由主義のなかに自由を見付けた処で何にならう。そんな自由は贋物である。さういふ自由を抱へて、統制を専ら弾圧と考へ、只管文化の敵と考へるのは、思想恐怖病の様に事毎に自由主義的な物の考へ方が怪しからぬと言ふ当局の下手な取締りと丁度いゝ勝負である。僕は人間の自由をそんな風には考へない。鑿を振って大理石に向ふ彫刻家は、大理石の堅さに不平を言ふまい。鍛練が彼に統制のない処に創造の自由もない事を教へたのであって、彼の考へ方に何のからくりもない。今日の政治的統制は、統制の技術がたとへ拙劣にせよ、新しい事態に基礎を置いた大理石の様な堅さがある事に間違ひはないのだ。又例へば精神的にも物質的にも極度に統制された戦ふ兵隊に、人間の自由がないと言ふか。言ひたい事が言へぬなどと言ってゐる文学者より兵隊の方が遥かに立派な文学を書いてゐる事も間違ひない事である。又広く考へて人間の精神は肉体といふ統制を離れて自由であるか。さういふ自由に想をひそめ、これを体得する道に、思想の自由の問題がはじめて起るのであって、其処以外には起り得ぬ。(120)

小林は、思想や言論の自由に対する、政府の統制を批判するジャーナリズムに対して、逆批判を行っているわけだが、批判は、一応、尤もとされる。人間の自由は、観念的な個人主義の問題などではないからである。因に、現行のものの場合、「又広く考へて人間の精神は肉体といふ統制を離れて自由であるか」という文のあとに、「抵抗が感じられない処に自由も亦ないのだ」(121)という一文が挿入されている。この一文があると、文意がよく通るように思われる。確かに、抵抗が感じられないのならば、また、自由感もないのである。

ただし、どうして抵抗を感じるのかと言うと、今の場合、国家が思想や言論の自由を統制するからである。それなら、その国家それ自身の道義性が問われるのでなければならない。もし、そういうことでなかったなら、精神として規定されている人間のあるべき行為の問題に、言語行為がならないのである。だが、小林に、国家それ自身の道義とか正義といったものを問題にする視点があるわけではない。そういう意味で、私は小林にも問題を感じる。小林にくだんのジャーナリズムを批判する資格など、そういう意味では、ないのである。

既述のように、小林は、「戦争について」(一九三七年)、「文学と自分」(一九四〇年) などによれば、戦時下においては、文学者としてはどこまでも平和のためにいそしむのだが、国民としては国家中心の生き方をするという態度をとった。その際、基本は国家中心の生き方の方にあった。だから、国家の要請があれば、直ちに文学を止め、一兵卒になって、喜んで国家に殉じるというような発言も、小林はした。そこでは、第一義的に国家は肯定されている。とは、戦争の時には、道義や正義といった観点からする批判を超えたものとして国家はあるということである。このところは考えどころである。小林は、「戦争について」の末尾において、「僕はたゞの人間だ。聖者でもなければ予言者でもない」と言っている。これは、小林が自己を凡人と自覚したということだが、彼が凡人であるということについて、とやかく言おうとは、私は思わない。また、他人の機根について、とやかく言える資格が私にあるとも思えない。ただし、小林の国家に対する態度は、自己を凡人と自覚することと直接、関係したことである。つまり、小林が戦時中、国家の道義性を問わなかったのは、自己の機根の低さに鑑みてのことだったのである。小林は、戦時下、自分は聖者でも予言者でもないということで、直ちに国家中心の生き方をするとしたのである。精神として規定されている人間として、果して、そういうことでいいのであろうか。では、聖人とか予言者といった人々は、そういう時、どういう態度をとるものか。

この点、矢内原忠雄の論文「国家の理想」(『中央公論』一九三七年九月号)が教えてくれる。精神として規定された人間にとって、国家とは何なのか、言論の自由がなぜ大事なのか、というような問題についても教えてくれるのである。矢内原は、国家の本質を人間の精神性に鑑み、道義的に捉えようとする。そして、国家の本質を正義とする。その正義たる国家の本質を理想とし、現実の国家の批判を行うのである。正義については、こう言っている。

正義とは人々が自己の尊厳を主張しつつ同時に他者の尊厳を擁護する事、換言すれば他者の尊厳を害せざる限度に於て自己の尊厳を主張する事であり、この正義こそ人間が社会集団を成すに就ての根本原理である。かかる正義原則の確立維持は、社会成員中強者弱者間の関係の規律に於て特に重要である。更に具体的に言へば、弱者の権利をば強者の侵害圧迫より防衛する事が正義の内容である。[122]

で、続けて以下のことを言っている。「かかる正義原則の確立維持の為めには、具体的に実力のある強者たる個人若くは個人群よりも更に強力なる力が集団そのものの権力として組織せられる事が必要である[123]」。「集団そのものの権力として組織」されたものが、無論、国家である。矢内原によれば、国家は正義を本質とするものであり、本質とするものでなければならないものである。以下のことも言っている。

たとひ具体的なる国家成立の歴史的過程が強者による征服である場合にも、その個人的実力が社会的強制力として妥当し得るに至る根拠は、国家をして国家たらしめる本質的原理としての正義である。（略）正義は国家に基底を与えつつ国家を超えて存在する客観精神である。換言すれば正義は国家の製造したる原理ではなく、反対に正義が国家をして存在せしむる根本原理である。国家が正義を指定するのではなく、正義が国家を指導すべきである。[124]

「客観精神」とある点に留意したい。矢内原は、「人間をして動物と異る人間たらしむるものは『精神』[125]」と言い、そして、「それは各個人の主観的精神ではなくして、主観的精神に統一的基礎を与ふるものとしての客観精神である[126]」と言っている。客観精神は、「人をして人たらしむる根本義[127]」であり、個人の理想である、とも。矢内原は、国家・個人共に客観精神をもとにした存在とするのである。こういうことだと、国家の本質は正義だが、現実の国家が正義を具現しているかどうかは、また、おのずから別問題となる。「国家の命令は法的政治的権力として国家構成員に対する強制力を有つけれども、現実国家自ら正義なりと声明する政策を以て当然に無謬の正義なりとすることは出来ない[128]」ということにもなる。丁度、そのところに、予言者のような特別な個人の存在の意味が出る。また、政治ほかにおける言論の自由の必要性・重要性も出る。言論の自由に関しては、

現実に政府に充当せられたる如何なる個人若くは団体も、その理想把握、理想達成の為めの政策決定に就て完き無謬を主張することは許されざるが故に、国家の理想達成といふ点より見れば、国家意思の決定は全国民的に、弾力的に、為されねばならない。之れ政治上言論自由の尊重せられねばならないところの根本的理由である[129]。

と言っている。

ところで、矢内原は、神の啓示とか哲学的直観とかを重視する。換言すれば、予言者とか賢者を。また、聖者を。客観精神とは、一つの説明として言えば、神の啓示によって予言者に内在化されたその声のことである。別の一つの説明をすれば、賢者が哲学的直観をもって把握した神の声のことである。予言者・賢者、また、聖者――このように呼ばれる人々は、そういった声に従って、社会的現実上、その言動をなすのである。客観精神に従って、その言動を社会的現実上、なすものと言っても、無論、いい。

そういう時、それらの人々は、極言すれば、自己の根拠を絶対に超越的なものにおいているのである。また、そういう絶対に超越的なものは、信じることでしかあるとされないものである。とは、彼等の自己は、本質的に、個人的主観的ということである。本質的に、社会的客観的でないということである。とは、彼等の言動は、

表現の点では、大きな問題を孕むということである。矢内原は、この辺のことについてちゃんと考えていたのであろうか。少なくとも、「国家の理想」からは、分からない。

小林は、日中戦争の勃発に鑑み、自分は聖者でも予言者でもないと言った。そして、だから、直接、国家中心の生き方をすると言った。これは、傲慢な話である。自己の機根の低さを自覚するのなら、その機根の低さに対して、まず悲しみをいだくべきであろう。それが精神として規定された人間というものである。小林は、この点を外して、直ちに現実の国家をあるがまま肯定するという態度に出た。そういう意味では、小林は、弱者の居直りのたぐいの行動に出たものとされる。

総括して、概略、言えば、「戦争と平和」(一九四二年）以前の小林の作品には、精神として規定された一人の人間として、戦争にどう対処するのかという問題が、ちゃんと立てられていない。勝義の個人的立場からする、現実問題に対する意識が希薄である。これらからするなら、「戦争と平和」以前の小林は、平出の言う、「言論の自由は当然皇国の進歩、発展の見地よりする整然たる統制に服することを前提と」するという思想を、事実上、肯定していたものとされる。無論、その際の国家は、道義的批判を回避した、あるがままの現実において直截に価値とされる存在である。

だが、「戦争と平和」においては事情が異なる。精神として規定された一人の人間として―勝義の個人的立場からして―、戦争にどう対処するかが問われている。そういうところでは、自己の根拠を徹底して深くとる必要があるのだが、そのことも問題になっている。再度、「戦争と平和」に眼を向ける。

第五節　兵士と仏の眼

小林は、「戦場は楽土である、兵士等は仏である、何がパラドックスだらうか」と言っている。「心ないカメラの眼が見たところは、生死を超えた人間達の見たところと大変よく似てゐるのではあるまいか」[130]とも。ある意味で、ということでは、彼等、兵士たちの眼は、「心ないカメラの眼」に似ていたと言えるであろう。ただし、彼等は「仏の眼」[131]を得ていた、とは、厳密にはされないと、私は思う。彼等を仏と称することは彼等を褒め過ぎることになると思う。彼等は生死を超えていたであろう。彼等は、正に命などいらぬということで、戦場に臨んだであろう。ただし、何のためかが問題である。

ここで、実際に真珠湾攻撃に参加した、かつての兵士たちの証言を聞こう、(『証言・真珠湾攻撃―私は歴史的瞬間をこの眼で見た!』光人社、一九九一年)。

わたしだけでなく、どのような人間でも、ある目的のために立ち上がったら、たとえそれがどのような危険なことでも生死のことなどは考えないものである。任務が大きければ大きいほど、ただただ任務の完遂にのみ努力してひたむきに進むのである。ましてや戦争任務である。戦闘が激しくなればなるほど使命感のほうも強くなり、そこには生も死もない世界が生まれるのである。戦後、生き残った仲間たちのだれもが同じことを言っていた、(132)（元空母「飛竜」雷撃隊操縦員・海軍飛行兵曹長、笠島敏夫「炎の序章『パールハーバー雷撃行』飛翔日誌」）。

兵士たちは、確かに、ことに臨んで命など惜しまなかったのである。確かに、その時、彼等は生死を超えていたと言ってもいい。命を賭けて、強烈な意志のもと、彼等は、国家の課した戦争という任務を果すべく行動したのである。ただし、その場合、その国家というものが、彼等にその生死のよりどころと確信されていたであろうことを忘れてはならない。仏とは、そのよりどころの点で、次元が違うのである。そういう意味で、小林のように、彼等を仏と称する気には、私はなれないのである。

生死を超えた兵士たちの眼に自然がどう映ったかということについても、実際の兵士たちの証言が同書にある。

真珠湾の真ん中にあるフォード島をかこんで、二列に整然と碇泊する戦艦群、岸壁に、そして湾内に点々と碇泊する巡洋艦、駆逐艦。その間をはしる数隻のボートは今やわが翼下に朝のねむりから覚めたとも見えず、朝日に映える白い雲より流れ出たような山野の緑。点在する赤い屋根、青い海、そして薄ねずみ色の艦という配色はまさに壮観というより美観である。一瞬「火をつけていいのだろうか」という感がよぎる、(133)（元空母「加賀」第一次攻撃隊第二制空隊長・海軍少佐、志賀淑雄「制空隊から見た真珠湾攻撃」）。

「雑念邪念を払ひ去った彼等の心には、あるが儘の光や海の姿は、沁み付く様に美しく映ったに相違ない」と、小林は言っているわけだが、まず、そういうことであったろうと思われる。だが、だとしても、やはり私は、厳密には、兵士たちを仏と称したり、「仏の眼」をえた存在と言ったりすることはできないと思う。彼等が生死を超えて行動したことは確かと、私も思うのだが。また、沁みつくように美しく兵士たちの眼に自然の光景が映ったとも、概略、言えると思うのだが。

その理由は、と言えば、再言することにもなるが、以下のようになる。彼等、兵士たちは、あくまで自民族を基体として成立している自国のために命を賭けて戦ったのである。彼らの自己の自己たる根拠は、国家であった。その国家は、彼等兵士たちにとって、その精神生活の原理、物質生活の基盤だったものである。だが、仏とは、自己の自己たる根拠が、国家ならぬ、私たちの意識を絶対に超越した「空」にとられているものであろう。だからこそ、国家の道義性を仏は問いうるのでもある。兵士たちは、論理的に、自国の道義性を問いえないのである。

第六節　戦争の克服

ところで、小林には、人生はもともと戦い、という考えがあった。このことについて考えてみたい。

今、私は、アインシュタインとフロイトとの往復書簡を想起する。即ち、『ヒトはなぜ戦争をするのか？―アインシュタインとフロイトとの往復書簡』(浅見昇吾編訳。花風社、二〇〇〇年）である。

アインシュタインは、「人間を戦争というくびきから解き放つことはできるのか？」[134]という問いを発し、フロイトに答えを求めた。

アインシュタインは、国家間の戦争の問題を諸国家に対して絶大なる権力と権威とを有する国際的な機関を設立し、それを中心にして解決するというアイデアをもっていた。だが、また、そういう国際的な機関を現実に設立することの困難さも、同時によく知っていた。アインシュタインは、根本的な問題は人間の心自身にあるのではないかと考えた。権力欲に駆られ、独裁者が戦争を始めるケースがある。そういう時のその権力欲も人間の心の問題である。

だが、本当にアインシュタインが問題にしたかったのは、普通の人々の心であった。権力をもった少数の人々が、邪悪にも自分たちの利益のために戦争を欲する。そして、学校教育やマスコミを使い、一般の人々を戦争へと誘う。すると、わりと簡単に一般の人々が戦争へと駆り立てられて行く。これは一体どういうわけか。

アインシュタインは、以下のように考えた。人間には、一般に他を憎悪し、そして、攻撃するという本能的欲求が備わっている。その本能的欲求は、普通は深層心理の世界に隠れているのだが、ちょっとしたきっかけでおもてに出る。その少数の人々は、意図的にうまくきっかけをつくり、一般の人々にその本能的欲求がおもてに出るようにしむけているのである。

では、「人間の心を特定の方向に導き、憎悪と破壊という心の病に冒されないようにすることはできるか？」[135]。この疑問が、フロイト宛のアインシュタインの書簡の核心である。

これについてのフロイトの答えは、以下のようなものであった。アインシュタインの考えにフロイトも同意した。人間の深層心理には、確かに、他を憎悪し、攻撃し、破壊する衝動が、本能的欲求として備わっている、とした。だから、その意味で、心理学的には、戦争を根絶することはできない、と。

ところで、フロイトに、第一次世界大戦のさなか―一九一五年―発表された「戦争と死に関する時評」(『フロイト著作集　第五巻』、懸田克躬《かつみ》・高橋義孝他訳。人文書院、一九六九年）というのがある。その中に、右の衝動と近代的国家―つまり国民国家―との関係についてふれたくだりがある。ヨーロッパ諸国の国民を念頭においてだが、こう言っている。

> 諸国民それぞれの内部では、個々人に対して高い道徳的規範がかかげられ、個人が文明的共同体に参与しようと欲するならば、この規範のもとに生活態度を律していかねばならなかったのである。この規制は時にはあまりにも厳しく、多大の自己抑制や、欲動充足の広範にわたる放棄など、多くのことを個人に要求した。とりわけ個人に禁じられていたのは、同胞との競争において、嘘いつわりを用いて特別な利益を求めようとすることであった。文明国家は、この道徳的規範をその存立の基盤とみなし、あえてこれを侵害しようとする者に対しては断固として干渉し、これを批判的悟性の吟味に供することすらありえないことをしばしば公言したのである。[136]

また、

> 諸民族は、その形成する国家によってほぼ代表され、国家はそれを導く政府によって代表されるものである。個々の民族成員は、この戦争でつぎのことを確かめて驚愕するのである。つまり、国家が個人に不正の

使用を禁じたのは、それを絶滅しようとしてではなく、塩や煙草と同様に、それらを専有しようとしてのことなのであるということを。この考えは、実はすでに平時においても時々浮かんできたものではあったが。戦争をおし進める国家は、個人であったら汚名を浴びせられるであろうような、あらゆる不正、あらゆる暴力をほしいままにする。国家は敵に対し、許されている策略を用いるばかりではない。それは、意識的な嘘や、意図的な欺瞞をも用い、しかもその利用の範囲は、かっての戦争で慣用されてきたものをさらに上廻ると思われる。国家はその市民に極度の従順と犠牲とを要求し、しかも同時に、過度の秘密主義と、報道や意見発表に対する検閲とによって、市民を一種の禁治産者にしてしまうのだ。(137)

フロイトの言う通り、近代的国家は、国民に道徳を強制するものではあっても、他ならぬその国家自身は、道徳的規範の埒外にあるものである。また、そこでは道徳的しめつけが厳しく、人々の人間としての本能的欲求がはけ口を見失い、抑圧される。

小此木啓吾は、こういうフロイトの考えを説明して、「実はこの道徳的秩序は、各個人の人間的エネルギーを、国家間の戦いへと転化する搾取機構そのものなのだ」(138)（『フロイト思想のキーワード』、講談社、二〇〇二年）とまで言っている。そこまで言っていいのかどうかはともかく、近代的国家、つまり国民国家がそういうマイナス面を相当強くもつものであることは間違いない。

フロイトは、国民国家の残虐さを、その悪の面を、すでに第一次世界大戦中、適切に見抜いていたのである。国民国家の大きな問題点の一つは、本質的に国家それ自身の道義性が正せない点である。

先に、漱石の「私の個人主義」を取り上げたが、その中で、彼は、国家の道義性は個人の道義性より数段低いと言っていた。さらに、自国に関しては、道義的観点で問うこと自体を回避していた。これは、何であれ、自己の属する国家は絶対に肯定するという考えを意味するものである。少し詳しく言うなら、これは、戦争のような国家の危急時には、何をおいても、自己の属する国家中心の生き方をするということを意味するものである。国民国家の場合、そういう考えは、また、感情は、構造として、出やすいものと思われる。漱石は、正に日本における国民国家の形成過程と共に成長して行った人であるから、人情の点からして、理解が行かないわけではない。だが、国家というものに対する思考が不徹底と言えば、正に不徹底である。漱石は、一九一六年―第一次世界大戦の最中―、『点頭録』(139)という随筆を発表した。漱石の興味は、ドイツ流の軍国主義とイギリスに代表される個人の自由を尊ぶ主義との戦いという点にあった。で、こんなことを言っている。

独逸は当初の予期に反して頗る強い。連合軍に対して是程持ち応へやうとは誰しも思ってゐなかった位に強い。すると勝負の上に於て、所謂軍国主義なるものゝ価値は、もう大分世界各国に認められたと云はなければならない。さうして向後独逸が成功を収めれば収める程、此価値は漸々高まる丈である。英吉利のやうに個人の自由を重んずる国が、強制徴兵案を議会に提出するのみならず、それが百五対四百三の大多数を以て第一読会を通過したのを見ても、其消息はよく窺はれるだらう。(140)

軍国主義については、こう漱石は言っている。

戦争が手段である以上、人間の目的でない以上、それに成効の実力を付与する軍国主義なるものも亦決して活力表価表の上に於て、決して上位を占むべきものでない事は明かである。自分は独逸によって今日迄鼓吹された軍国的精神が、其敵国たる英仏に多大の影響を与へた事を優に認めると同時に、この時代錯誤的精神が、自由と平等を愛する彼等に斯く多大の影響を与へた事を悲しむものである。(141)

漱石は、軍国主義に対して否定的である。彼は、無論、イギリスに代表される個人の自由を尊ぶ主義を重要な思想としていた。ただし、これは、自国・日本国家を埒外においての観念的思想的な話であった。つまり、自国・日本国家に対しては、そういう思想をそもそも適用しないのである。自国・日本国家に対しては、漱石は、人情―自然な人間感情―をもって第一義的にあたるのである。国民国家というのは、また、そういう人間に都合のいいようにできているものである。何となれば、それは、自己の属する民族を基体としてつくられているからである。さらに言えば、国民国家は、私たちの自然な人間感情たる民族愛の感情を無意識裏にナショナリズムという形に高揚させ、そして、政治体としての国家への愛に癒着させるところがあるのである。そういうことでは、自国の道義性を問う上で、国民国家には大いに問題があることになる。この点、フロイトは、既述のように、近代的国家たる国民国家自身の非道徳性（非道義性）を指摘しているのである。

また、フロイトは、既述のように、人間の深層心理を問題にし、他を憎悪し、攻撃し、破壊する衝動が本能的欲求として人間には備わっているとした。そして、その観点から、心理学的には戦争の根絶は不可能とした。ただし、フロイトは、人間の本能的欲求には、他にもう一つ、エロス的衝動―エロス的本能的欲求―というのがあるとした。この点に着目し、戦争防止策を考えたのでもあった。攻撃衝動に対し、より強くエロス的衝動を呼び覚ますことを説いたのである。

また、ただし、生の衝動たるエロス的衝動のそのエロスとは、今の場合、他愛のことだが、一方、それには自愛の意味もあるのである。フロイトも、このことにふれ、そして、この点にこそ、エロスの本質があるとしている。それなら、厳密に言うなら、フロイトにも分かっていたことであろうが、エロス的衝動をもって戦争防止策とすることはできないのである。

西谷啓治が、『宗教とは何か』(創文社、一九六一年) 中、以下のことを言っている。

空の立場は、無我とか心身脱落などといはれるように、セルフ・センタードネスからの徹底的な脱却の立場である。それは神から選ばれたもの乃至は神から拯ひを予定されたものといふような、宗教的な自己意識、いはば高次のセルフ・センタードネスをも認めない。(142)

西谷は、あらゆる意味の自己中心性を否定する。精神的生における自己中心性も、である。現に存在している私たちは、無限の衝動のもと、あるのであり、そして、その衝動の根源には、自己中心性が潜んでいるのである。(143)だから、衝動をもとにして、平和を導き出すことは、土台、できない。このような意味のことも西谷は言っている。

仏教の「空」とは、このような自己中心性の徹底した否定の極のものであり、西谷は、真の平和をその「空」を観点にして考えるのである。

小林には、人生はもともと戦い、という考えがあった。とは、生きている私たちは、他との戦いを、けだし、回避しえない、ということであろう。で、戦いは、私たちが、種々な意味で、自己中心的であるから起こるのである。（種々の意味で自己中心性を有するから起こるのである）。肉体的に言っても精神的に言っても、私たちは止みがたく自己中心的な存在なのである。それなら、人間の立場から平和を正しく導き出すことはできないであろう。

そういうことで、私は、仏教的「空」、そして、小林の「太陽は輝き、海は青い、いつもさうだ、戦の時も平和の時も、さう念ずる様に思ひ、それが強く思索してゐる事の様に思はれた」という言葉に着目する。

この世には、無数の矛盾的対立・闘争がある。いろいろな次元である。個人間にも国家間にも、個人と国家間にもある。民族間にもある。民族と個人間にもある。人間と自然間にもある。一人の人間における心身間にもある。それらを一つ一つ、私たちは解決して行く、解決して行かなければならない。なぜなら、私たちは人間だからである。そして、人間とは、すぐれては精神だからである。

だが、しかし、原理的には、問題は、最初から解けているのでなければならないであろう。もし、そういうことでなかったなら、いかようにも、私たちはそれらを解きえないであろう。何となれば、常識的な話だが、私たちは、本当のところは、単につくられたものであり、それでしかないものだからである。だから、根本を言えば、私たちは自己中心的ではありえないのである。そういうことなら、全ての、私たちがこの世で直面し、直面せざるをえない問題は、原理的には、最初から解決されているのでなければならないのである。

とは、西谷の言うように、「空」の立場からして、初めて正しく平和がかなえられるということである。では、どうしたら、私たちは、「空」の立場に転換できるのか。この点、残念ながら、西谷はちゃんと考えていない。以下、再言を厭わず述べる。

「太陽は輝き、海は青い」とは、小林の（曽我流の）主観的な心にいだかれた、感動的な美しい光景を言う。

「空」は、みずからを比喩をもってしかあらわさない。だから、私たちが「空」とのかかわりをもつ上で、比喩は絶対的な意味をもつ。そういう絶対的な意味での比喩の意味を、小林の主観的な心にいだかれたその光景に認めることができる。小林は、その感動的な美しい光景をもって、一種の自然さにおいて、「空」の立場への転換を試みたのである。換言すれば、信じるという意志を発動したのである。私は、小林流のこういう転換こそ、事実上、真の自己の成立を意味すると考える。そこには信じるという意志の発動があることに留意しなければならない。ただし、その転換は単に心理上のことに過ぎない。心身一如の形での転換とか、心身の全体を賭しての転換というのは、普通には考えられないことである。「空」の境地に参入するといっても、普通は人間の心理に限っての話である。だが、また、そういうことであれ、「空」を我がものにすることには深い意味がある。「空」をないがしろにして、私たちがこの世で直面し、直面せざるをえない問題の根本的解決の視点をうることはないのである。

また、「空」とは、小林の場合、真の平和の異名である。

注

(1) 二頁。
(2) 六二～六五頁参照。猶、櫻本も直前の新聞記事を掲げている。
(3) 六四頁。　(4) 二六五、六頁。　(5) 五一一頁。
(6) これについては、櫻本富男『戦争はラジオにのって』(マルジュ社、一九八五年）が詳しい。
(7) 四、五頁。　(8) 一六四頁。　(9) 同前。　(10) 同前。　(11) 同前。　(12) 一一頁。
(13) 一〇四頁。　(14) 三二、三頁。　(15) 三三頁。　(16) 同前。　(17) 八〇、八一頁。　(18) 九三頁。

(19) 九頁。(20) 同前。(21) 九、一〇頁。(22) 一六〇頁。(23) 二頁。(24) 注(22)に同じ。頁も。
(25) 二六〇頁。(26) 二七頁。(27) 三〇頁。(28) 二六五頁。(29) 三三、四頁。(30) 三頁。
(31) 七頁。(32) 一五頁。(33) 同前。(34) 二四頁。(35) 二一頁他。(36) 二一頁他。
(37) 二六頁。(38) 四一、二頁。(39) 四〇、四一頁。(40) 六六頁。(41) 六七頁。(42) 三八頁。
(43) 四七五頁。(44) 一八五頁。(45) 同前。(46) 一五頁。(47) 一四四、五頁。(48) 五一頁。
(49) 一五四、五頁。(50) 一六四頁。(51) 六一頁。(52) 同前。(53) 六四頁。(54) 七一頁。
(55) 八五頁。(56) 八六頁。(57) 一二七頁。(58) 三一頁。(59) 四三頁。(60) 一六五頁。
(61) 五九、六〇頁。(62) 一〇頁。(63) 同前。(64) 一九一、二頁。(65) 一〇頁。(66) 一一頁。
(67) 同前。(68) 四七頁。(69) 五三頁。(70) 一四、五頁。(71) 一五頁。(72) 一七、一八頁。
(73) 一三頁。(74) 一三、四頁。(75) 一三頁。(76) 四頁。(77) 三頁。(78) 三、四頁。
(79) 引用、『法華経下』(坂本幸男・岩本裕訳注。岩波文庫、一九六七年)による。書き下し文も。三二頁。
(80) 同前。頁も。
(81) 二九二〜三二二頁。(82) 二八八頁。(83) 二九二頁。
(84) 引用、『日本古典文学大系82　親鸞集　日蓮集』(名畑応順・多屋頼俊・兜木正亨・新間進一校注。岩波書店、一九六四年)による。六一頁。
(85) 引用、同前。頁も。
(86) 一九一頁。(87) 一九一、二頁。(88) 一九二頁。
(89) 曽我前出書、二八七頁。
(90) 長谷前出書、一九二頁。
(91) 二八三頁。(92) 二八七頁参照。(93) 一八八頁。(94) 一九三頁参照。(95) 一九〇頁参照。
(96) 四九頁。
(97) 南崎は、小笠原諸島・母島の南端の地。
(98) 五一頁。(99) 二三五頁。(100) 五二、三頁。(101) 四頁。
(102) 引用は、『小林秀雄全集　第七巻』(新潮社、二〇〇一年)による。三四九頁。

(103) 四頁。(104) 七九頁。(105) 七一頁。(106) 同前。(107) 同前。
(108) 栄沢前掲書。一二九、三〇頁。
(109) 三二〇頁。(110) 同前。
(111) XXXViii～XXXiX頁。
(112) XXXiX頁。(113) 同前。(114) 三六三頁。(115) 一三四頁。(116) 二八〇～三一四頁。
(117) 二八七頁。(118) 三頁。(119) 四三頁。(120) 二一八頁。
(121) 「疑惑II」(『小林秀雄全集　第六巻』、新潮社、二〇〇一年)。五〇六頁。
(122) 七頁。(123) 同前。(124) 八頁。(125) 五頁。(126) 同前。(127) 同前。(128) 八頁。
(129) 一三頁。(130) 三頁。(131) 四頁。(132) 二九頁。(133) 八二頁。(134) 一一頁。(135) 一八頁。
(136) 三九八頁。(137) 四〇一頁。(138) 三〇四頁。
(139) 書誌的なことは、『漱石全集　第十六巻』(岩波書店、一九九五年)、八二九、三〇頁参照。
(140) 引用、一九一六年一月一二日付けの「東京朝日新聞」(復刻版。以下同じ)による。なお、同年一月二六日付けの「東京朝日新聞」中、「徴兵法案通過　二四日倫敦特派員発　英国徴兵法案は三六票に対する三八三票の大多数を以て下院を通過せり」と見える。また、同年一月二八日付けの「東京朝日新聞」中、「徴兵案上院通過　二六日倫敦特派員発　英国徴兵法は遂に上院を通過せり」と見える。また、同年二月五日付けの「東京朝日新聞」に、「英国徴兵実施二月一〇日　三日倫敦特派員発　英国皇帝は徴兵令を二月一〇日より施行すべしといふ期日決定に署名せり」と見える。
(141) 引用、一九一六年一月一四日付けの「東京朝日新聞」による。
(142) 二七五、六頁。
(143) 例えば、二六六頁参照。この辺のことは、詳しくは、同書中、「六　空と歴史」(二三九頁～三一五頁)参照。
(補注) 文献の引用にあたって、漢字の字体・促音表記・振り仮名他、適宜、勘案したところがある。また、雑誌の巻数・号数他に関し、適宜、引用を省略したケースがある。

あとがき

小林秀雄という名前を知ったのは、高校生の時であった。だが、小林の作品をよく読むようになったのは、大学生になってからである。大学院生の頃、一番よく読んだ。ある作品など、一部分だが、ノートに書き写したのでもあった。

三〇歳の時、大学教師になった。以来、約三〇年間、ほとんど毎年のように小林の作品を授業で取り上げている。

たゞし、いつの頃からか―四十代の後半からか―、小林に対してある疑問をもつようになった。それは、小林の国家観に関するものである。同時的に、真の自己とはどういうものかという問いをもつに至った。前者は、私を田辺元の「種の論理」の考察へと向わせた。後者について言えば、私は親鸞に興味をもつようになった。

本書は、こういった問題に関するものである。いまだ、みち半ばの感にたえないのだが、ともかく、これまでの考察を一書にまとめた。

本書の出版に関しては、友人の山本登朗君のお世話になった。山本君が和泉書院社長・廣橋研三氏を紹介してくれたのである。廣橋氏始め、和泉書院のスタッフの方々には、校正等、お世話になった。この際、和泉書院のスタッフの方々にも、お礼を申し上げなければならない。

また、日頃、私の書くものに対して、忌憚なく批評を呈してくれている友人たち―特に、木村正明・吉田究・

弦巻克二の三君―にも、この場を借りてお礼申し上げたい。

また、この三〇有余年の間、どんな問題についてであっても、懇切丁寧にご教示下さった森重敏先生のことを忘れることはできない。末尾ながら、明記して、深謝の意を表したく思う。

二〇〇六年一月

尾上　新太郎

■著者略歴

尾上新太郎（おがみ しんたろう）

1943年、大阪市生まれ。京都大学大学院文学研究科博士課程単位修得退学。
現在、大阪外国語大学外国語学部教授（国際文化学科日本語講座所属）
〔主要論文〕
小林秀雄の種の論理―日本戦時下における一文学者の真なる国際性について―（『国際関係論の総合的研究　1984年度』、大阪外国語大学、1985年３月）
小林秀雄と田辺元（『叙説』第12号、奈良女子大学国語国文研究室、1986年３月）
小林秀雄「当麻」論（『大阪外国語大学学報』第75―１・２号、1988年３月）
小林秀雄「戦争と平和」論（『大阪外国語大学学報』第77号（言語編・文学編・文化編）、1989年３月）
田辺元の種の論理と小林秀雄（『日本の哲学者(1)』（大阪外国語大学近代日本哲学研究会、1995年３月）
小林秀雄の言語行為（『日本語・日本文化研究』第９号、大阪外国語大学日本語講座、1999年11月）

近代文学研究叢刊 33

戦時下の小林秀雄に関する研究

二〇〇六年三月二五日初版第一刷発行
（検印省略）

著　者　尾上新太郎
発行者　廣橋研三
印刷製本　大村印刷
発行所　有限会社 和泉書院
大阪市天王寺区上汐五-三-八
〒五四三-〇〇〇二
電話　〇六-六七七一-一四六七
振替　〇〇九七〇-八-一五〇四三

装訂　井上二三夫　　ISBN7576－0365－7　C3395